FRANCIS BACON

THE ESSAYS

培根随笔

[英] 弗朗西斯·培根 _ 著　陶文佳 _ 译

浙江出版联合集团
浙江文艺出版社

目录

1 论真理

彼拉多曾戏谑："何谓真理？"然而未等到回答便离开了。

世间当然有为朝诺夕改而欢欣的人，视坚守信仰为桎梏，在思想与行为中要求自由的意志。此派哲人已不复存在，然而此种辩术却流传至今，虽不像古人那般血性，却仍与之一脉相承。

人类对谎言的偏爱，不仅是因为寻觅真理的艰辛，也不仅是觅得真理后对人心的影响，还因人类天生对谎言本身的腐朽之爱。希腊晚期诸学派中一位哲人曾研究此事，并十分困惑：谎言究竟有何种特质，令人们如此热爱？人们既不像诗人那样，为了追求愉悦；也不像生意人那样，为了追求利益；他们仅仅爱着谎言本身。但连我也无从分辨，因为真理虽毫无遮蔽、大白于日光之下，却远比不上烛光——在烛光下，假面舞会、哑剧表演、胜利庆典才更显得优雅尊贵。它也许与珍珠等价，在日光下光彩夺目；但它绝比不上钻石或红玉，在五彩灯火中璀璨无比。掺些谎言总会让人更愉快。若从人的头脑中去掉那些虚荣的想法、浮夸的憧憬、错误的估价和扭曲的想象，以及如此种种，那么有些人就只会剩下个可怜巴巴的贫瘠大脑，满是忧愁、厌恶和自弃了。这一点恐怕没人会怀疑吧?

一位先贤曾无比严厉地将诗斥为“魔鬼之琼浆”，因其充满了想象。然而与谎言相比，诗只会相形见绌。不是一闪而过的谎言，而是上文提及的那种沉入脑海并安居于此的谎言，才会造成真正的伤害。但无论这些谎言是如何根植于人类贫瘠的判断力和偏爱中，真理将自行评判，并教导人类：对真理的探寻，也就是追求热爱它；真理的智慧，也就是真理的确实存在；对真理的信仰，也就是享受真理——这些才是人性的至善至美。上帝创世之初，最初的造物为感觉之光，最终的造物为理性之光。自那时起，直到安息之日，他都在以圣灵之光昭示着人类。起初，他将光明倾注于物质，也就是混沌的表面；随后，他将光明倾注于人类的面庞；直至今日，他仍将光明倾注于被选之民，启迪着他们。有位诗人虽然哲学性不如本派哲人，却令本派增辉，因他这段话说得极好：驻足海边，看千帆倾覆，是为一乐；驻足城头，看千军万马，又为一乐；然唯驻足真理之巅（无从征服之峰，永远清朗宁静），看谬误横生、迷茫浪荡、迷雾重重、风暴动荡，才是真正乐事。然而，这种景象断不会引发自命不凡、自视甚高之感，只会引发恻隐之心。毋庸置疑，若人心能向仁而动，向天意而歇，盘旋于真理之柱，此即为人间天堂。

从教义的真理与哲学的真理说到世俗生意的真诚，不论那些生意人是否遵循，他们都要承认，唯有光明磊落的交易才是人性之荣耀，一旦混入虚行伪言，便如同往金银币中掺入铜铁，或许能令这合金更坚硬耐用，却也使其贬值。这种扭曲的行为，恰如毒蛇行径，因为没有蛇足，只能卑贱地腹部贴地前行。最令人无地自容的恶行便是弄虚作假，背信弃义。因此，蒙田所言甚是，当他思考为何谎言如此卑贱、如此令人生厌时，他说，如若仔细思量，说一个人撒谎，就像是说他无惧上帝，面对同类却胆小如鼠。因为谎言直面上帝，却逃避人类。没有什么能比这句话更恰如其分地表现出虚行假言的邪恶及其对信仰的背叛。谎言将会是最后的警钟，敲响上帝对人类的审判，正如预言所云：基督再度降临之时，世间将无忠信之徒。

2 论死亡

成人畏惧死亡，恰如孩童害怕踏入黑暗。古老的传说令孩童的天性之惧不断加深，人对死亡的畏惧也是如此。将死亡视作原罪的报应、去往彼岸的通道，这种凝思神圣而虔诚，然而，要是将畏惧死亡视为对自然的敬畏，这种畏惧便太懦弱。即便在虔诚的冥想中，也时常混杂着虚荣和迷信。在一些修士们写的禁欲书中，你应该读到过：人应当自忖，如果指尖被狠狠压断，或惨遭折磨，会如何痛苦；随后再想象，当死亡导致整个身躯腐败溃烂，又会何等痛苦。然而有时死亡所带来的痛，却比某一肢干受虐之痛要轻，因为维系生命的脏器并非人体最敏感的器官。有位哲人极懂天性，所言极是："与死亡相伴之事，比死亡本身更可怖。"呻吟和抽搐、惨白的面庞、亲友的哭泣、丧服和葬礼，凡此种种，无不显出死亡之可怖。

值得注意的是，人心中的激情尽管虚弱，却未必不能战胜死亡之恐惧。因此，若人拥有诸多激情的助威，便能赢得此仗，死亡也将不再是可怕的敌人了。复仇之情战胜死亡，爱恋之情蔑视死亡，荣誉之情渴求死亡，悲恸之情奔向死亡，恐惧之情专注死亡。不仅如此，我们曾读到，奥托皇帝引颈自刎后，悲悯之心（它是最柔和的情感）令诸多士兵慷慨赴死——这源于他们对君主的同情——他们才是真正的追随者。不仅如此，塞内加还添上了苛求之情和厌倦之情："想到这些，决心自我了断，不为勇猛无惧，不为困苦潦倒，唯因枯燥无聊。"人也会寻死，并不是因为勇敢，也不是因为太过痛苦，只是因为不断枯燥重复同一件事情而备感厌倦。

同样需要注意的是，死亡的步步接近并不会改变崇高的灵魂，即便濒死，他们在最后一刻依然故我。奥古斯都·恺撒临死时仍在赞颂："再见了，亲爱的利维娅，不要忘记我们共度的婚后时光。"提比略临死时仍惺惺作态，正如塔西佗所言："提比略日渐衰弱，其惺惺作态却始终如一。"苇斯巴芗大帝仍说着俏皮话，他端坐在凳上说："我想我要变成神啦！"加尔巴大帝则慷慨陈词："动手吧！唯愿罗马人民安好。"并引颈待戮。塞普蒂米乌斯·塞维鲁依然在发号施令："若还有需要我做的事，就快点吧！"如此等等。

斯多葛学派将太多深意加诸死亡之上，为死亡做的准备又过于繁复，以至于令它变得更加面目可怖。倒不如像有些人说的："生命之终结只不过是自然之恩惠。"死亡就跟出生一样自然，对婴孩而言，这两者也许同等痛苦。在热切追逐中，死亡之人就像热血沸腾时负伤之人，那一刻他几乎感受不到疼痛，正因为如此，信念坚定、一心向善之人的确能避开死亡的痛苦。不过除此之外，更重要的是坚信，最甜美的颂歌便是当你实现崇高目标和期望时的那首“主啊，请让你的仆人安然离世”。除此之外，死亡还可为人打开名望之门，消除妒意——“生前遭人妒恨的，死后将会受人爱戴。”

3 论宗教的统一

宗教是维系人类社会的纽带，因此，若能保持真正的宗教统一，便是一大幸事。关于宗教的各类争吵、分歧，对于异教徒来说简直闻所未闻，因异教徒的宗教主要存在于仪式和典礼，而非任何永恒的信仰之中。你也许能想象，当教派的神父和导师都是诗人时，将会是怎样的一种信仰。然而真正的上帝有此等特性——他是位“好嫉妒的上帝”，所以对他的崇拜和信他的宗教绝不能容下任何杂质、任何想与之平起平坐的人。我要在教廷统一的问题上多说几句：统一有何种成果？有哪些界限？又该用哪些手段？

除了取悦上帝这一重中之重外，统一的成果有两种：一种是针对教门之外的普罗大众，另一种则是针对教门之内的信众。对于前者而言，毋庸置疑，教内的异端邪说和宗教分裂才是最大的丑闻，甚至比教义的腐朽更甚。正如在人体内，关节的受创或脱臼，远比坏脾气要糟糕得多，宗教亦如此。因此，没什么比宗教统一被破坏更容易令普罗大众拒绝教门，令信众逃出教门的。所以，不论何时，只要有人说“看啊，基督在外面”，而另一个人说“看哪，基督在内屋中”时，也就是说，当一些人在异教徒集会上寻觅基督，而其他人则在教堂门外寻觅他时，这个声音会一直在人们耳中不断回响 —— “不要出去”。那位异邦人的导师（正是因为他的职业，使他特别关注那些未皈依者）曾说：“如若异教徒进来，听闻你们各执一词，岂不要说你们都疯了吗？”同样，一旦无神论者和凡俗之徒听到本教中那些前后不一、自相矛盾的言辞，也只会让他们更远离教门，去“坐亵慢人的座位”。在如此严肃的话题上需要别人提供证明，这绝非一件小事，然而，它却极好地体现了宗教不统一的扭曲。曾有位讽刺大师在自己虚构的书目中列出了《异教徒的莫里斯舞》这个书名。的确，每一个异教徒都有其独特的舞姿和瑟缩之态，只会引起那些世俗之人和道德败坏政客的冷嘲热讽，这些人天生就爱谴责一切神圣之事。

至于宗教统一对教门之内信众们的好处，那就是安宁 —— 充盈着无限神恩的安宁。这种安宁能树立信仰、点燃慈悲，教廷的外在安宁也能在人心深处生出安宁来，将撰写和阅读各类宗教争论之作所费的劳力，变为悔恨自省和奉献忠诚的论著。

说到宗教统一的界限，这一界限的真正确定极为重要。显然，眼下存在着两种极端。对一些狂热分子而言，任何涉及和平的言论都令人作呕。“平安不平安？耶户说，平安不平安与你何干？你转在我后头吧。”和平并不重要，重要的是追随，是结党。与之截然相反的是那些老底嘉教派的家伙和冷漠的人，以为他们能容纳一切教派的观念，不偏不倚，各取一端，机智地化解教派分歧，以为他们真的能在上帝与世人之间做出仲裁。这两种极端都应避免，只有当由救世主本人亲自签订的基督教盟约，在两种正好相反的说法中都被合理而清晰地阐述明白时，才能真正避免两种极端。第一种说法是“不与我相合的，就是敌我的”，第二种说法是“不敌挡我们的，就是帮助我们的”。也就是说，只有真正地区分辨别，哪些是本教最根本的实质问题，哪些并非纯粹的信仰问题，还牵涉成见、秩序或善良意图时，才不至于走到任何极端。这个问题在许多人眼里可能微不足道，也早就有人做过区分，然而，若那种区分能更不偏不倚，大概会获得更普遍的认可。

囿于本文的篇幅，笔者在此只提一点建议。人们须有所提防，切不可让主之教堂被两种争论分裂。第一种是，争论的焦点微不足道，不值得为之大动干戈，却仅因相互矛盾而愈演愈烈。因为正如一位先贤所言：“基督之袍的确无缝，教会的衣衫却五颜六色。”他还说：“让衣衫的颜色更丰富些吧，只要不将其撕裂便可。”统一与一致实为不同的两件事。另一种是，争论的焦点极为重要，却逐渐变得过于隐晦，模棱两可，以至于争论最终变得充满心机，却并无什么实质内容。一个有是非判断、善解人意的人，有时也会倾听无知者间的论争，心中十分明白这些人言辞虽异，实为同理，却永远无法达成一致。由此推之，人与人之间的争论如若由高高在上的主来判断是非，他难道不会打心底里认为这些脆弱的凡人虽各执己见，其实却有同样的意图，并因此认可所有这些意见吗？圣保罗精辟地指出了此类争论的本质，他曾在对提摩太关于同样问题的警告和训诫中说："躲避世俗的虚谈，和那敌真道、似是而非的学问。"世人创造出实际上并不矛盾的所谓对立，并为之制造新的术语，再固定下来，以至于本该由意义决定术语，却反由术语决定了意义。

还有两种虚假的安宁，或谓统一：一种，虽为切实的安宁，却建立在愚昧无知之上，正如在黑暗中，一切颜色看上去都一样；另一种则是缝补而成的安宁，简单粗暴地接受一切本质的不同。因为真理和谬误，正如尼布甲尼撒王梦中神像脚趾间的玄铁与泥土，虽能勉强粘合，却永不会融为一体。

至于达成宗教统一的手段，人们务必小心，在达成或巩固宗教统一的过程中，绝不可废除仁爱慈悲之律或损害人类社会之法。基督徒有两把利剑：神圣之剑与世俗之剑。为了维护本教，两者各有其功能与用武之地。然而，我们切不可拿起第三把剑，那便是战争之剑。也就是说，绝不可用战争传播宗教，或用血腥迫害来强迫人心，除非是公然诽谤、亵渎神明，或参与了颠覆国家的活动。更不可煽动叛乱，支持阴谋和反叛。不可将剑交于民众之手，更不可支持任何颠覆政府的行为，因为此种行为只应由上帝亲自发令。这样做就像是用第一块法版去砸第二块[1]，将世人都当作基督徒，却忘了他们也是人类。诗人卢克莱修在看到阿

1 摩西传授上帝刻在两块石板上的十诫，第一块板上是人对上帝的责任，第二块板上是人对人的责任。

伽门农竟然忍心将亲生女儿献祭时，也惊叹道：“宗教竟可令人做出如此恶行！”

如若这位诗人得知法兰西的大屠杀或英格兰的火药叛国阴谋，他又会发出何种惊叹？恐怕他会更加奉行享乐主义，更不信神明。因为以宗教之故拔出世俗之剑必须慎之又慎，若将此剑交于平民之手，就定然是可怖至极。此等恐怖之事就交由再洗礼派和其他狂热教派吧。撒旦说：“我要升到高云之上，我要与至上者同等。”这的确是对神明的大不敬，但自比上帝，借他之口说“我要降临地狱，与黑暗之王同行”，这才是更严重的亵渎。和这些亵渎言论相比，令宗教的伟业堕落成谋杀国王、屠戮人民、颠覆国家和政府的残忍拙劣行径，又能高尚到哪里去呢？

毫无疑问，这种行为就是圣灵之降落，不像鸽子，却是秃鹰或渡鸦的形象，在基督教会的大船上升起海盗和刺客之帆。因此，当务之急便是像人们曾做过的那样：教廷以其教义与法令，国君以其利剑与学识——基督教精神与道德的知识，如同借着墨丘利的手杖一样，将那些助长歪理学说的言行意见打下地狱，令其万劫不复。在有关宗教的劝谕中，使徒的劝谕最应首先铭记：“人的怒气并不成就神的义。”还有一位明智的先祖不仅注意到了这一点，还同样坦然相陈：“凡向良知施压的人，通常只是为了一己私利。”

4 论复仇

复仇是一种野蛮的公正，人的天性越是想要追求这种公正，法律就越该将其铲除。因为有人如果犯了罪，他只是触犯了法律；然而，报复此罪行的行为才让法律权威尽丧。不可否认，复仇能让你对敌人以牙还牙，可一旦你能宽恕其罪，你就比敌手更高一筹了，因为宽恕罪恶乃贵人之举。我确信，所罗门王曾说："宽恕人的过失，便是自己的荣耀。"过去之罪早已过去，无可改变，智者关注当下和未来之事就已充实不已，因而决不会让过去之事使自己徒增烦恼。世人不会只为作恶而作恶，他们要的是追逐利益、寻求快乐、获得荣誉或诸如此类。因此，我又何必因别人爱自己胜过爱我而愤怒不已呢？若有人真的只因天性恶毒而犯罪，又何必纠结？他们就像荆棘和欧石楠，除了戳破划伤人的肌肤，也没有别的本事了。

最应容忍的复仇是报复那些无法律可以惩治的罪行，即便如此，人们也该慎之又慎，令复仇的行为也无法律可以惩治，否则他的仇敌仍将获胜，因为复仇者付出了两次代价，而仇敌只遭了一次罪。有人复仇时，定要让仇敌明白仇恨来自何方，此种复仇更慷慨，因为复仇者的痛快并非来自对敌手的伤害，而是令其悔过。那些卑鄙狡猾的鼠辈就像在暗中施放冷箭。

佛罗伦萨大公科西莫曾不顾一切地斥责那些背信弃义、置朋友于不顾的人，认为此等恶行绝不可姑息。他说，你肯定读到过宽恕仇敌的教诲，却绝不会读到宽恕朋友的教诲。然而还是约伯更宅心仁厚些，他说："难道我们从神手里得福，不也受祸吗？"从某种程度上说，这个道理用在朋友身上也一样。

有一点是可以肯定的，不断寻求复仇的人只会让自己的伤口历久弥新，而那些伤口本该早就痊愈的。

公开复仇往往还能走运，如为恺撒之死复仇，为佩蒂纳克斯之死复仇，或为法兰西亨利三世之死复仇等等。与之相反，报私仇就不会如此幸运了，怀恨在心的人将会如女巫般生活，因其心怀恶意，只能不得善终。

5 论逆境

塞内加曾遵循斯多葛学派的风格发表过一番高论："一帆风顺固然使人向往，逆流而上却更令人尊崇。"诚然，奇迹若真是超越自然的存在，就多半在逆境中出现。塞内加另一句话更高明——此言出自异教徒之口真是太高明了：只有人之脆弱与神之超然同时存在时，才是真正的伟大。这番话大概用诗表达更恰当，因为人们更容易接受诗中的超然性。诗人们也的确一直热衷于此，这种超然性确实是那部奇异的古代诗歌之书中重要的部分，不乏神秘感。不仅如此，就像《圣经》中建立基督国度的故事一样，书中赫拉克勒斯解开了普罗米修斯——他象征着人性——身上的束缚，坐在不知是瓦盆还是陶瓮里渡过茫茫大海。这不正栩栩如生地描述了一幅表现基督徒坚韧决心的画卷吗：一己的脆弱血肉之躯犹如一叶扁舟，行驶在大千世界的波涛之中。

按照中庸美德的说法，顺境的美德是节制，逆境的美德则是坚韧。道德标准中，后者比前者更能彰显英雄气概。

顺境是《旧约》之赐福，逆境则是《新约》之恩典，蕴含着上帝更浩荡的恩泽、更昭著的启示。即便在《旧约》里，如果你仔细聆听大卫王的竖琴，其中的哀痛之音也和赞美诗等量齐观，而圣灵之笔描绘约伯的苦难，远比所罗门的福祉更甚。

顺境无法免除忧虑和嫌恶，逆境也仍不乏慰藉和希望。在织锦刺绣中，我们都能看到，悲惨冷峻背景下的明媚图案，远比淡雅背景下的阴郁图案更令人愉悦。由此种悦目推而广之，心灵的愉悦亦如此。

美德正如珍稀香料，历经焚熏碾磨，才会有更浓郁的芬芳。正如顺境更能昭显恶行，而逆境更能发掘美德。

6 论伪装与掩饰

掩饰不过是种微不足道的权宜之计或急智，因为清楚何时该说真话、何时该动真格，需要敏锐的才思和坚强的内心，所以掩饰只是属于伪君子们的弱者权术。

塔西佗曾说过，利维娅兼具其夫的雄才伟略与其子的虚情假意，她既有奥古斯都的治国方略，又有提比略的伪饰。另外，当穆奇阿努斯鼓励苇斯巴芗起兵抵抗维提里乌斯时，他说："我们起兵反抗的既非奥古斯都的雄才洞见，亦非提比略的慎密不张。"雄才洞见与缜密不张的确是截然不同的习惯和才能，须区分而论。若有人拥有如此洞见，可分辨哪些事该大白于天下，哪些该秘而不宣，哪些又该半遮半掩，还能针对不同人、不同时间做出相应决定（这些的确就如塔西佗所称，是治国安身之术），掩饰之习对他而言就只是阻碍和缺陷。然而，当一个人无法明察秋毫，那他就只能严谨行事，慎之又慎。因为如果他无法选择或分辨各种情形，选择最安全谨慎的那条道反而更好，就如目力不济者要缓慢前行一样。毋庸置疑，史上能力最强之人往往都行事磊落，享有果敢诚实的美名；他们就如训练良好的宝马，清楚何时停转腾挪，而到他们认为确须缜密不张之时，也会掩言饰行，而因之前早已传开的良善清白的美名，这样的掩饰很难为人所知。

隐藏掩饰一个人的自我有三种方式：第一种是缜密严谨、守口如瓶，这样的人不会被看穿或抓到把柄；第二种是被动的掩饰，一个人无意中泄露某些迹象或说法，显出他的心口不一；第三种则是主动伪饰，这种人会竭尽全力大肆装腔作势，装作自己是另外一种人。

论及第一种守口如瓶，它的确是听告解的神甫之德行。毫无疑问，越能守口如瓶，你听到的忏悔就越多。谁又会向管不住嘴的人一吐衷肠呢？但如若某人被公认为守口如瓶，随之而来的则是他会发现秘密，正如越是密闭的空间，越会吸进外界的空气。在忏悔中，虽然坦白秘密并无俗世之用，只能让人心灵解脱，然而，守口如瓶者会得知诸多秘密，即便人们只愿意宣泄情绪却不肯说出心中真正所想。简而言之，神秘便是源于守口如瓶。再说了，（说实话）内心的暴露如同裸露身体一样不体面，如果人们的行为举止没那么坦诚张扬，便可得到更多敬重。至于那些夸夸其谈轻浮的人，因为喜欢讲自己所知之事的家伙，也爱谈论他不知之事，所以他们往往虚荣又容易上当。因此，请谨记，守口如瓶既是策略也是品德。就这一点而言，人让舌头而非面部表情说话是件好事，因从面部表情泄露出内心想法是致命的弱点，会背叛你的表达意图：表情往往比语言更引人瞩目，使人信服。

论及第二点，即被动掩饰，它经常是守口如瓶的必然产物，因而嘴严的人在某种程度上会精于掩饰。人都极其精明，不会容忍有人抱持无偏无私的态度，守口如瓶，不偏袒任何一边。因此他们会用诸多问题包围他，诱他开口，再将其秘密一一问出。因为只要想避免违背常情的沉默，他就总会泄露出某种偏向；即便他坚持沉默，他们也能从沉默中收集他开口后所能透露的一切。哪怕是闪烁其词或故弄玄虚，也撑不了多久。因此，没人能真的守口如瓶，除非他给自己一点虚饰伪装。由此可见，掩饰不过是守口如瓶的外衣。

但论及第三点，即虚伪和虚假言辞，我认为除了在一些重大而罕见的情况下，否则就是难辞其咎之罪而非权宜之计。因此，若有虚伪之习（这第三种情况）便是恶，要么源于胆小懦弱的天性，要么源于问题重重的头脑。因为此等人须臾不可离开伪饰，这会令他在其他事情上也不断练习虚伪行事，好让自己的骗术不至于生疏。

虚伪和掩饰有三大好处。第一是麻痹对手，攻其不备，因为若某人的意图公开暴露，就会引致他所有的仇敌都拍案而起；第二是为自己留足后路，因为若人表明其行事计划，他就只能不成功便成仁；第三是更能洞见他人心思，因为若人坦陈其见，他人不会回报以自己内心的恶意，只会任他继续，将他们无拘的言论转化为放肆的腹诽。所以西班牙人才有这么一句精明的谚语："撒谎将会换来真相。"就好像除了虚伪就没别的法子了。另外还有三大弊端：第一，虚伪和掩饰常会令人显得惊惧不安，这样做任何事都难以一箭中的；第二，假象会令那些本会与他合作的人困惑费解，从而让人几乎只能踯躅独行实现目标；第三也是最大的弊病，就是令人丧失行为最关键的工具——信任和信念。因此，最优良的品质即是拥有坦荡的名声、守口如瓶的习惯、因时制宜的掩饰，以及在无计可施时的伪饰之力。

7 论父母子女

做父母的总把喜悦深埋心底，悲伤和恐惧也是如此。喜悦无法言喻，悲伤和恐惧则不能言说。孩童可令他们的操劳变得甜蜜，也可令不幸更加苦涩。子女增添了生活的忧虑，却降低了死亡的挂碍。传宗接代是动物的本能，只有声名、美德和伟业才是人类独有。毋庸置疑，人们肯定见过无子嗣之人完成最崇高的伟业，正因为他们的肉身无法流传万世，才让这些伟业展现他们的精神。因此，越是无子嗣的人，越会关心后代。家族中最早担起养家重任的人往往最宠溺孩子，他们不仅将孩子们当成家族的延续，而且当成未竟事业的继承者。因此，子嗣不仅只是孩子，也是他们的创造之物。

多子女的父母往往厚此薄彼，有时甚至颇不恰当，特别是做母亲的。就像所罗门曾说的："智慧之子使父亲欢乐；愚昧之子叫母亲担忧。"若你在子孙满堂的家里，便能看到最年长的一两个孩子受到器重；最小的则被溺爱，放肆任性；那些中间的孩子似乎被人遗忘，而正是他们时常证明自己才是最出色的。

父母在子女零用钱上吝惜有百害无一利，会让孩子们变得卑微下贱，学会投机取巧、欺诈哄骗，交上狐朋狗友，当有朝一日口袋满满，他们更会挥霍无度。事实证明，父母应在子女面前树立权威，却绝不可使子女囊中羞涩。

人们有种愚蠢的做法（无论家长、教师还是仆人都一样），就是制造并鼓励兄弟从孩提时就相互竞争，导致他们成人后也纷争不断，令家庭无法融洽。意大利人就不会将子侄亲戚分得如此清楚，只要是家族的后代，他们都会视如己出。老实说，自然界里也都是如此养育后代的，我们有时会看到侄子更像叔叔或别的亲戚而不是自己的父亲，这只是血缘使然。

让父母们及早选择子女应从事的职业和负担的使命，孩子小时候的可塑性才更强。切不可太过听从子女的想法，以为子女越是愿意多花心思，便越能有所成就。的确，如若孩子们能力极为出众，任其发展不是坏事，然而通常来说，以下说法很有道理：“选择最好的路，习惯会让这条路走得愉快又轻松。”

做弟弟的通常运气不错，可一旦兄长被剥夺继承权，那弟弟们就很难走运了。

8 论婚姻与单身生活

一旦有了妻子和子女，你就只能全凭命运做主了，因为他们是丰功伟绩的障碍，无论你的事业是德行还是恶行。毫无疑问，对公众而言，最伟大的功绩和最高尚的品格均由未婚人士或无子嗣之人达成，他们从感情和行为上都已将其一生献给了公众。然而，有子嗣者最为在意未来，这一点理由很充分，因为他们知道要将自己最亲的后代送入未来。有些人因为终生未婚，便只会考虑到自己，认为未来的时代与己无关；也有另一些人，认为妻子儿女不过是待付的账单而已，甚至还有些有钱又贪婪的蠢蛋，自豪于未留子嗣，以为这样自己就更有钱了。也许他们听过某些说法，例如“某人真是太有钱了”，另一个人却说，“是啊，可是他有一大堆孩子要养呢”，就好像孩子会让他的财富锐减似的。

独身主义最普遍的理由是自由，特别是有些自我满足又任性的家伙，对各种束缚都如此敏感，甚至连腰带和吊袜带都觉得是镣铐锁链。单身汉是挚友、恩主和忠仆，但不一定是最好的臣民，因为他们远走高飞时无所牵挂，几乎所有逃亡者都是独身。独身主义对教廷中人是件好事，因为博爱若要先施与家人，就很难博施众生了。对法官和地方官吏而言，独身与否并不重要，因为若他们易受摆布而贪赃枉法，有个坏仆人比有妻子要糟糕得多。将军们演说时，往往会鼓舞部下要心怀妻儿而战，愚以为，正是土耳其人对婚姻的蔑视才令那些粗野的士兵更低贱。

诚然，妻子儿女是人性之磨砺，而独身之人也许更能慷慨解囊，因为他们花销较少。然而从另一个角度讲，他们却更残暴冷酷（当严刑审讯官员倒是极好），因为他们的柔情极少被唤醒。

天性严肃之人在习俗引导之下，能忠贞不渝，通常会是挚爱妻子的丈夫，就像尤利西斯说的，他“宁要老妻，不图永生”。

贞洁的女性往往自傲而桀骜不驯，以为凭借贞洁的德行便能任意妄为。若妻子认为丈夫明智，那就是对贞洁和顺服最好的保障，然而，如果她发现丈夫善妒，她就永不会以为他明智。

妻子是年轻时的情人、中年时的伴侣、暮年时的护工，因此男人何时想要娶妻都有道理。然而在问及男人何时该结婚时，一位以智慧著称的人却做出这样的回答：“年少则时候未到，年老则已无必要。”

人们常常会发现，坏丈夫总有极贤惠的妻子。是否唯有如此才会令丈夫偶尔的温情显得难能可贵，或者令她们为自己的忍耐而骄傲不已？但有一点绝不会错，即，若坏丈夫是她们不顾友人劝说坚持己见选择的，那么，她们就一定要将自己的愚蠢选择坚持到底。

9 论嫉妒

爱恋和嫉妒就像巫术，令人迷醉，神魂颠倒，世上恐怕再没有哪种情感能比得上。二者都会让人产生热烈的期许，将自己投身幻象和暗示中。它们轻易就能钻入你眼眸，特别是当所爱所妒之人在场时最容易被蛊惑——如果真有蛊惑这种事的话。《圣经》将嫉妒称为邪恶之眼，占星术士则把星辰的邪恶影响称为凶象，直到现在都有人认为，嫉妒的行为会让双眼放光。有好奇者注意到，当被妒之人正沐浴在胜利荣光中时，嫉妒之眼的攻势也最伤人，因为成功能让嫉妒之心歇斯底里，何况在这种时刻，被妒者往往极易喜形于色，便更易遭到迎头痛击。

权且把这些有意思的事情放到一边（虽仍然值得在恰当的时候深究此事），我们来分析下怎样的人更容易嫉妒他人，怎样的人更易被人嫉妒，以及公开和私下的嫉妒又有什么区别。

缺乏德行的人往往嫉妒别人的美德，因为人心要么由自身的善来滋养，要么由他人的恶来润泽，对善求而不得的人会将恶作为追逐目标，若绝无希望获得他人那般美德，便一定会通过贬低别人来一逞已快。

蝇营狗苟爱打听的人通常嫉妒心强，如此不厌其烦去了解别人的事，绝非仅仅出于对切身利益的关注，只能是因为当他了解别人命运时感受到某种看好戏的快感。一心只关注自己事业的人不会有多少嫉妒之心，因为嫉妒是一种长了脚的情绪，喜欢到处闲逛，无法留在家中，常言道："好事之人必心怀恶意。"

人们注意到，出身高贵之人会对新晋贵族心生嫉妒，因为两者的差距缩小了，就像目力上的错觉，当他人前进时，便以为自己正在后退。

残疾者、阉人、老人和私生子通常容易产生妒意，因为这些人绝无可能改变自身的缺陷，那就只有极力让别人也不好过，除非这些憾事发生在一个勇敢无畏、极具英雄气概的人身上，立志将自身的缺陷变为荣誉的一部分。那时人们就得说：阉人或瘸子，竟然能成就这样的伟业，像阉人纳尔西斯、瘸子阿格西劳斯和帖木儿曾做到的，简直就是奇迹般的荣耀。

同样还有历经劫难浴火重生的人，他们曾被时代抛弃，以为只有他人的不幸才能弥补自己的苦难。

那些出于轻浮或虚荣而希望在各方面都胜人一筹的人，也总是充满嫉妒，因为他们渴望的不可能实现，总有人会在某些方面超过他们。最典型的例子就是罗马皇帝哈德良，他永远都对诗人、画家和工匠充满妒意，因为他自负地觉得，自己在这些方面出类拔萃。

最后，近亲、同僚和发小，这些人更容易生出嫉妒之心，因为同辈的平步青云不啻是在指责他们不够成功、处处失利，不断提醒着他们的失败。他们更易招致指摘，任何反驳或回应都只会让人觉得他们是在嫉妒。该隐亲兄弟亚伯的牺牲被上帝接纳时，并无旁人知晓，因此该隐的嫉妒则更显恶毒卑劣。容易嫉妒之人就暂且说到这里。

说到那些不太容易遭受嫉妒的人，首先是德高望重者，年岁越高，遭受的嫉妒会越少，因为他们的幸运看上去不过是岁月给予的补偿，没人会羡慕偿还债务的苦行，只会嫉妒过分的奖赏和慷慨。再说了，嫉妒总伴随着攀比心，如果没有可比之处，就不会产生嫉妒，因此，只有国君才会嫉妒国君。但不管怎么说，值得注意的是，那些不值得尊重的人在刚获得名声时最易遭妒，而后会好一些；相反，品格高洁又有丰功伟业的人越是好运连连，就越被人嫉妒。假以时日，虽然他们的德行一如既往，但随着时间流逝已经黯然，被后起之秀的光芒盖过。

出身高贵的人升迁时较少遭妒，因为他们的升迁看起来理所当然，再加上这也不会让他们的财富有显著增加。嫉妒正如日光，照射在岸边和峭壁之上远比照射在平地上要热得多。同样的道理，缓步爬升者比突然高升者遭到的嫉妒要少。

经过艰苦努力、付出心血，甚至遭过殃才获得荣耀的人，更不容易成为被嫉妒的对象，因为人们会觉得他们的荣耀得来不易，有时甚至会产生同情，而同情能治愈嫉妒。你可以去观察一下，那些心思缜密、冷静持重的政治家，一旦功成名就，总会哀叹自己的人生是如何凄苦，念叨着“我们曾遭过多少罪啊”。他们并不真觉得自己苦，只不过为了打消别人的嫉妒心。人们总能理解压在身上不得已的重担，却对自找苦吃的人不以为然。没有什么比毫无必要、野心勃勃地事必躬亲更能引发他人的嫉妒，而最能消除嫉妒心的方法，是保留下属所有权力和应有的地位。伟人往往会这么做，这样就会在他和嫉妒之间隔上层层屏障了。

最容易遭人嫉妒的是那些因为财大气粗而飞扬跋扈的家伙，他们不显摆自己就不舒服，要么跟人比排场，要么就想压倒所有精神上的对手，而智者宁愿委屈自己也不愿被人嫉妒，有时甚至故意在一些无关紧要的事情上让对手占占上风。无论如何，以下这句话确实真切：真诚坦荡的态度（决不傲慢或虚荣）一定会比使用诡计所受的嫉妒要少。因为按照后者的方式，就像是否认自己财富的正当性，觉得不配得到幸运之神的眷顾，当然只能任凭他人嫉妒了。

最后，对以上观点做个总结，正如开头所说，嫉妒的行为总带点巫术的成分，因此，除了用破解巫术的手段，别无他法。这种疗法就是转移“魔咒”（人们通常如此称呼）。一些聪明的伟人会让别人替自己抛头露面，好把嫉妒转到那人身上，有时是靠手下和仆役，有时是靠同事和伙伴等等。也总不乏一些雄心勃勃之徒，只要能够得到权力和地位，付出任何代价都在所不惜。

现在让我们谈谈公众的嫉妒。私人的嫉妒有百害而无一利，但公众的嫉妒还有些好处。因为公众的嫉妒是一种放逐法令[1]，令过于位高权重者受到压制。因此，它也是种制约，使他们不敢逾矩。

这种嫉妒，拉丁语是“invidia”，到了现代语言中又叫作“不满”，这一点我们会在谈及如何处置叛乱时讨论。公众的嫉妒对于国家而言就像传染病，传播到本来健康的肌体并导致疾病。嫉妒之病传入一个国家的那一刻，就连最好的行为都会遭受中伤，令它们背负恶名，哪怕再出台笼络人心的措施也无济于事。因为这只能显示出当局者的软弱，看似对嫉妒无计可施，结果只会造成更大伤害，就像传染病一样，你越是怕它，它越会入侵你的身体。

这种公开的嫉妒似乎主要是针对官员和大臣们，却不会针对国君和领主们。但有一条金科玉律，那就是如果公众对大臣的嫉妒心很强烈，而他却没有太大过失，或是公众针对的是某个领地的所有官员，那么这种嫉妒（虽有所隐藏），其实就是针对国家本身。关于公众的嫉妒或不满就说到这里，公众的嫉妒与私人嫉妒的区别，前文已有过分析。

最后我要针对嫉妒之情笼统地说几句。在所有情感之中，嫉妒是最死缠烂打、盘桓不休的，而其他情感总是在特定情况

1 在雅典民主制中，如果公众表达了对某个公民的愤怒，用该法令便能让他放逐十年。

下偶尔出现。有句话说得好，“嫉妒永不休假”，因为它总会在人心中作祟。人们还注意到，爱恋和嫉妒确实会令人形销骨立，而其他情感就不会，因为它们不会纠缠良久。嫉妒也是最卑劣最堕落的情感，这正是魔鬼的属性。魔鬼本就是那个夜半在麦田里播种稗子的嫉妒者，正如从古至今，嫉妒者总会在暗处鬼祟行事，就像稗子损害麦子这样的优良农作物一样。

10 论爱情

爱情在舞台上远比在人生中更令人关注，因为在舞台上，爱情带来的喜怒哀乐、悲欢离合虽然不绝于耳，却为人生带来了太多厄运，有时像海妖塞壬，有时却像复仇女神。你会发现所有伟人（只要记忆所及，无论古今），从没有过疯狂爱恋，这说明伟大的灵魂和事业的确需要避免这种柔弱的激情。当然，你得排除曾统治过半个罗马帝国的马克·安东尼和曾当过罗马执政官和立法者的阿庇乌斯·克劳狄乌斯。虽然前者确是个荒淫无度的狂徒，但后者却是位朴素明智之人——因此，看来（虽属罕见）爱情既能通过大敞的心扉登堂入室，也可在意志坚强的心灵毫无防备时趁虚而入。

伊壁鸠鲁有句格言大失水准："人人都是彼此的大舞台。"就好像本该凝神天堂、沉思一切高尚之物的人类，却无所事事，跪倒在一尊小偶像的脚下，令自己成为奴仆，虽然并非（如野兽般）只为口腹之欲，却也只为一饱眼福，而人们被赐予双眸本是为了凝视更崇高之物的。若注意到这种激情是何等放纵，又何等地挑战事物的本性和价值，会让人感到极其奇怪。

滔滔不绝地夸大其词，除了容身于爱情中别无用武之地，甚至连如下这句名言也不适用：“一切奉承者中，最得你心的是你自己。”恋人恭维的本事肯定更强，同赞美爱人相比，自负之人的孤芳自赏简直就是小巫见大巫了。因此这句话说得极好：“恋爱中的人，智商为零。”这一弱点旁观者清，被爱者却也并不糊涂，大部分的被爱者心中最明了，除非爱情是相互的。这条规则很真实：爱情要么得到回应，要么得到暗暗的鄙视。因此人们更应该警惕此种激情，因为它不仅会让你丧失其他东西，也会丧失爱情本身！至于其他损失，那位诗人就描绘得很明白：谁爱上海伦，谁就会舍弃赫拉和雅典娜的礼物。因为一旦爱情至上，财富和智慧就会被舍弃。

爱恋的激情总会在人最脆弱之时泛滥，要么是鸿运当头，要么是逆境艰难，不过注意到后者的人不多。这两种情形都会激发爱恋，并使之更加狂热，因此可以看出，它完全是愚蠢的产物。

如果有人虽然不得不承认爱情，却能摆正它的位置，将它与自己人生重要的事业和活动截然分开，那是最好；一旦它与事业有所交集，就会令人时运不济，绝不可能再去实现真正的目标了。

不知为什么，军人们天生容易坠入爱河，我猜大概就像他们天生爱喝酒一样，因为历险通常需要得到享乐的补偿。

人的天性中就藏着爱的本能，如若不能集中到某人或几人身上，这种爱便会自然地普济众生，令人变得仁慈善良，你在修士身上时常能看到这种情况。

夫妻之爱创造了人类，朋友之爱使其完美，但欲望之爱却会令人类腐化堕落。

11 论高位

身处高位者实为三重仆人：君王或国家之仆、名声之仆和事业之仆。因此，他们毫无自由可言，无人身自由、行动自由，亦无时间支配的自由。这种欲望匪夷所思：宁愿牺牲自由也要攫取权力，抑或攫取统治他人的权力却丧失自我约束之力。

爬上权力巅峰需殚精竭虑，历经艰难困苦以换取更多艰难困苦，时常需卑劣做人，历经无数屈辱才最终换来尊严。立足之地如履薄冰，若想退出也无非是垮台或者黯然落幕，真是可悲可叹。“人若已非当年之自我，又有何理由苟活于世？”然而，人们绝无在欲退之时退出的可能，也不会在该退之时退出，甚至当他们已年老或病弱，本该退出公众视野，却难耐寂寞，正如一位老朽市民，仍要坐在街口，只能徒增众人嘲笑他衰老的口实。

确实如此，高位者的幸福只存在于他人的感觉中，如果要他们根据自己的感受来判断，是找不到幸福的。他们一想到别人对自己的评价，想到别人羡慕崇拜的目光，才会觉得幸福，虽然此时内心的感受正好相反。高位者对自己的悲伤最为敏感，对自己的过错却总是最后意识到。毫无疑问，事业越亨通，对自己就越陌生，陷入烦琐的事务中，根本无暇顾及身体或精神健康。“若人死之际为他人周知，唯死者不自知，实为大不幸之命运。”身居高位，你有权行善也可以作恶，而后者就是个诅咒。在作恶时，最好的情况是非己所愿，其次是能力有限。而行善的权力才是远大抱负的终极意义。行善的想法（虽然上帝也接受想法上的善）对人而言，只不过比好梦稍强，除非付诸行动。要想付诸行动，就得有权力和地位作为凭仗。人们最终想成就的是美德和功绩，这是安度余生的慰藉。既然人能参与上帝的功业，必当能分享上帝的安息。“神看着一切所造的都甚好”，这样才有了安息日。

在你履任高位之时，须先设立最好的楷模，因为仿效正是最好的规范；一段时间后便回头审视，严格反省，看看是否行为无瑕。不可忽视那些前任犯下的错误，这并非是要你泼人污水，而是告诫自己不要重蹈覆辙。因此，在改良时切不可夸大或丑化前事前人，仍需尊重旧律，再予以合理改革。凡事都要追本溯源，观察它们是如何由盛到衰，但一定要向两种不同时代讨教：参考古代以决定怎样做最好，参考当代以决定怎样做最恰当。你的行事风格需有章可循，这样众人就能提前得知该期待什么，但切不可太独断和强硬，如果你偏离了自己的信条，则须尽心解释。捍卫自己的职权，但绝不可激起权力之争，宁愿以沉默和事实捍卫职权，切勿大张旗鼓挑衅宣扬。同样，也应捍卫下属的职权。要这么想，坐镇指挥比事必躬亲更有尊荣。欢迎和鼓励任何关于本职事务的帮助和建议，切不可把能带来消息的人当成爱管闲事者赶走，要乐于接受他们。

权势之人的恶行有四：拖沓、腐败、粗暴和徇私。解决拖沓问题：确保言路通畅，守时，尽快完成手头之事，除非有必要，绝不将诸事混杂起来。解决腐败问题：不仅要控制自己不伸手，还要确保奴仆不受贿，也要约束行贿者，令其不能行贿。廉洁奉公的行为可约束收受贿赂者，而公开宣扬廉洁奉公、痛恨贿赂则能杜绝行贿行为。除了杜绝此错，也要避免他人疑虑。那些朝令夕改却未能给出充足理由的人，常会令人怀疑其腐败。因此，任何时候，如果你要改变看法或行为，需开诚布公，宣布时须表明自己改变主意的理由，绝不要偷偷摸摸去做。那些仆佣或亲信如果性格内敛，也没有其他明显缘由该受人尊敬，人们常会将他们当成向高位者行贿的后门。解决粗暴问题：这是一种招致不满、毫无必要的行为，严厉会让人心生畏惧，而粗暴只会让人心生怨恨。即便是责备下属，也应该庄重以待而不可辱骂嘲弄。至于说到徇私，它比行贿受贿更糟糕，因为行贿只是偶尔的事，但如果被死皮赖脸的纠缠或随意的人情牵着鼻子走，便永远都无法脱身，正如所罗门曾言：“看人的情面，乃为不好；人因一块饼枉法，也为不好。”

古话所言极是：“高位可暴露人心。”它能令有些人更高尚，有些人更卑微。“没坐上皇位的人才是公认最该当皇帝的。”塔西佗曾如此描述加尔巴，而说到苇斯巴芗，他却是这么说的：“他是唯一一个获得权力后变得更高尚的皇帝。”当然，前者谈的是治国才能，后者谈的是礼貌热情。获得尊荣却变得更好，足以证明他们灵魂的高洁和慷慨。因为高位是或者应该是德行之位，就像在自然界，万物未居其位时疾奔不止，正居其位便冷静泰然。因此，野心勃勃时人会奔忙不息，居权位后便安然冷静。任何攀上高位的人都曾爬过险峻阶梯，如果非要结党，最好在正努力上位时择良木而栖，待到登上顶峰再行不偏不倚。对前任的所作所为需公平以待，审慎温和，如若不然，当你卸任时，也必将会为此付出代价。如果你有同僚，请尊敬他们，宁可在他们不愿见你时召唤他们，也绝不可在他们有理由认为需被召唤时忽略他们。在私人谈话和私下答复别人请求时，不要总让人留意到自己的地位，不如让他们说：“此人执行公务时真的判若两人。”

12 论胆量

下面只是一篇简单的小学课文，却值得智者仔细思索。有人问狄摩西尼：对演说家而言什么最重要？他回答，动作。其次呢？动作。再次呢？还是动作。狄摩西尼最懂行，但自身在这一点上并不擅长。真令人匪夷所思，这种表面功夫更像演员的优势，而非演说家应该具备的，却被摆在如此重要的地位，甚至超越了诸如创意、雄辩技巧等其他方面，好像动作就是演说成败的唯一因素了。原因显而易见：人性之中的愚昧多过聪慧，因此，让愚人能接受的技巧才更有效果。

与此例惊人相似的是公共事务中的胆量：第一要务是胆量。第二和第三呢？还是胆量。然而胆量只是无知和卑鄙的产物，比其他才能要低级得多，尽管如此，它的确能吸引并蛊惑那些肤浅、懦弱之徒，而这些人占了绝大部分。甚至智者也会一时糊涂被胆量折服。所以我们看到，在民粹国家，胆量已经造就了何种奇迹，而在有元老院和君主的国家，这种情况要少一些。最见奇效的是胆大妄为者揭竿而起时，随后的效果则并不太明显，因为胆大妄为者并不信守承诺。正如有江湖郎中可为人看病，也有江湖术士愿为国献计，他们号称包治百病，也许有那么两三次走起运来也真能见效，但因为缺乏科学根据，这些方法绝对无法持久。

有些江湖术士虽然承诺能获得巨大成功，却极其耻辱地失败了。即便如此（如果他们的胆大妄为之术已臻完美），他们也只会轻描淡写几句，赶紧转身逃之夭夭。诚然，对于判断力极强的人而言，胆大妄为者实为可供一乐的笑话，甚至对粗鄙之人来说，胆大妄为也总有些荒诞不经——如果荒谬激起大笑，不用怀疑，胆大包天的行为是难得有不荒唐的。特别值得一看的是，当胆大之徒被揭穿后呆若木鸡的模样，五官紧皱，像个木偶，一定会这样。因为通常人们在极度丢人的情形下，灵魂容易出窍一会儿，而对于大胆狂徒来说更是如此，他们只能愣愣地站着，正如棋盘上的笑柄，此刻虽然没被将军，但已不能再翻盘。当然，最后这一点更适合留给讽刺文章而非严肃的评论。

应该好好思量的是，胆大妄为总是盲目的，它看不见危险和麻烦，因此不适合提供决策，却适合用在决策的执行上。对胆大之人最适合的用法是，绝不能让他们成为统帅，但可当副手听命于他人。因为运筹帷幄时需要预见危险，而执行决策时需置危险于不顾，除非危险着实太大。

13 论善与人性之善

我是如此理解善的：愿为人类谋取福祉。古希腊人称为“仁爱”，大家常用“人道”一词来表达善，却略有不足。我把善称为人的习性，而人性之善则是人的天然倾向。善是人类最伟大的德行和最高尚的品德，因为善是神的属性，没有了善，人类便只不过是蝇营狗苟、招惹是非的可悲之物，比害虫好不到哪里去。善对应着神学三德中的博爱，因此只会错施于人，却绝不会过度。权力欲过度曾导致天使们的堕落，求知欲过度也曾导致人类的堕落，然而，博爱没有过度一说，天使和人类都不会因博爱而陷入险境。

善的倾向深深烙印在人的本性之中，如果善没有施与人类同胞，也会施与其他的动物。在土耳其人中就能看到，虽然某些人极其残忍，却对野兽心存善念，会施舍小狗和鸟类。甚至就像比斯贝克所描绘的那样，一名基督教少年为了逗趣塞住了长喙鸟的嘴，因此险些被乱石砸死。

诚然，善或博爱的确可能错施于人，意大利人有这样一句失礼的谚语：“人对谁都好，就对谁都好不了。”意大利的博学之士马基亚维利甚至自信满满地将这种看法诉诸笔端，几乎毫不掩饰地说，基督教信仰放弃了善良之人，令他们变成暴君和专制君主的猎物。他敢如此定论，正是因为没有任何法律、教派或主张像基督教这样强调善的重要性。

因此，为了避免类似的诋毁和危险，最好去了解如此崇高的品性是如何会错施于人的。努力为他人实现福祉，但切不可被他们的厚颜或梦想绑架，因为那只不过是徇私或软弱，会令诚实的心灵身陷囹圄。不要将宝石给伊索的公鸡，大概一把谷子更能讨得它欢心。上帝言传身教，真正给我们上了一课：“他叫日头照好人，也照歹人；降雨给义人，也给不义的人。”但他绝不会将财富、尊荣和德行平等地施与众人。普通的恩惠应该遍施众生，但特殊的恩惠则应有所选择。小心，千万不要在临摹时毁坏了原作：神让我们爱人如爱己。“变卖你所有的分给穷人，你还要来跟从我。”这也就是说，除非你投身的事业中，财富多寡并不会对你所做善事的多寡产生影响，否则，你就是为了引水入溪却使喷泉干涸。

世间也不仅仅只有受正确道理引导的善的习性，有些人天性中就有从善的倾向，当然也有天生心怀恶意的，他们生来就不愿造福人类。恶意较轻的不过就是固执、鲁莽、蛮横、霸道之类，但恶意很重的人常会心怀嫉妒，以伤害他人为乐。这样的人看到他人遭受灾祸时才觉得正逢其时，还要火上浇油 —— 他们甚至都比不上舔拉撒路脓疮的狗，最多像那些一见伤口就围上去嗡嗡叫的苍蝇。憎恨人类者把引人自缢当成职业，但他们甚至连泰门那样在花园里提供一棵给人上吊的树都做不到。此等性情实乃人类天性中最大谬误，然而，他们却最能成为伟大的政治之才，就像弯折的木材适宜造船——因船需适应巨浪颠簸，但却不适宜制造岿然不倒的房屋。

善的要素和迹象很多，一个人要是能对陌生人宽容恭谦，那么，他就是心怀世界的公民，他的心不是一座孤岛，而是能将孤岛连接起来的大陆。如果他对他人的不幸充满同情，那就说明他的心灵正如高贵的树木，宁愿自己受伤也要献出香膏。如果他能轻易原谅赦免别人的冒犯，那就说明他的心远在伤害所及的范围之上，再没有人能伤害他。如果他对滴水之恩愿涌泉相报，那就说明他在乎的是人的心灵而非他们的财富。但最重要的一点，如果他跟圣保罗一样完美，为了兄弟的救赎甘愿被基督驱逐，那就说明他真的拥有神的本性，已经与基督本人有了一致之处。

14 论贵族

我们将会首先讨论国家的贵族阶级，然后是一些有贵族身份的人。

一个君主制国家若完全没有贵族阶级，那就是纯粹绝对的专政，就像土耳其人那样。因为贵族也会想要主权，多多少少令人民不再只关注王族。然而民主制就完全不需要贵族了，这样的国家比有不同贵族的国家要更安宁，也更少出现叛乱，因为这时人们关注的是事务本身，而非某个人。即便关注某人，也是为了确认他是否称职，而非在乎他的家族徽号或门第。瑞士人虽然有不同宗教信仰和州府，却仍能将国家维系得很好，因为联结他们的纽带是共同利益而非对贵族的尊重。尼德兰联省共和国的政府出类拔萃，因为如果实现了平等，磋商会议则会更不偏不倚，缴税纳贡时也会更心甘情愿。一个强大有力的贵族阶级能为君主增添威严，却也削弱他的权力；虽能给人民注入生机和活力，却也压榨了他们的财富。如果贵族们不至于威胁到主权或司法公正，又拥有崇高地位，那就是最理想的状态，此时民众的犯上之言就会先落到他们头上，不至于太快触及君主的权威。贵族阶级数量太大会造成国家的贫困与麻烦，因为那将增加额外的开销。另外，不可避免的是，很多贵族随着时间的流逝变得家道中落，这就会造成门楣与富贵不相称的情况。

接下来谈谈有贵族身份的人。如果看到一座古堡或老宅毫无破败之象，或一棵参天大树依然繁茂，人们自然会肃然起敬。更何况目睹一个古老的贵族家族历经沧海桑田仍然屹立不倒，那就更令人钦佩了！新晋贵族展现的是权力，而古老的贵族则是时间才能成就的。那些第一代贵族往往才华卓越，却无后代的清白，因为平步青云总少不了善恶混杂的权术，不过后人只会记住他们的优秀，而过失则会随他们而逝。贵族出身的人缺乏勤勉之心，懒惰的人又会嫉妒勤勉的人，而且身为贵族，高升的空间较小，总原地踏步，在他人升迁时不免也会心怀嫉妒。

从另一方面来说，贵族身份让他人不易产生嫉妒，因为天生已获得了荣耀。毫无疑问，若国君拥有能干的贵族，加以重用便并非难事，他们行使职责也更容易，因为民众会觉得这种人天生就该发号施令，便会自然而然地服从。

15 论叛乱与纷争

人民的守护者须能预知国家风云变幻。当一切势均力敌、趋向平等时，风起云涌最为剧烈，正如自然界的风暴在春分、秋分昼夜各半之时最为猛烈。山雨欲来风满楼，国家动乱来临前的征兆也一样："纷争迫在眉睫，叛变乌云压城，警告随之降临，战争正在秘密酝酿。"对国家的中伤诽谤和肆无忌惮的话语频繁公开出现，不利于政府的谣言满天飞，而民众信以为真，这都是纷争的前兆。维吉尔在讲述"谣言女神"法玛的家世时，说她是提坦巨人的姐妹："她的母亲因为恼恨天神，最后生育了法玛。她生法玛之前还生过两个哥哥：巨人科俄斯和恩刻拉多斯。"

谣言虽是过往叛乱的遗迹，却不妨将它视作未来叛乱的前奏。维吉尔说得都没错，叛乱的骚动与叛乱的谣言正如兄妹，一阳一阴。如果真到了此等境地，哪怕是政府最善意、最合理、最能满足民众的行为，都会被恶意对待、诽谤中伤，这就是极大的嫉恨。正如塔西佗曾说过的："当人们厌恶政府之情蔓延开来时，政府行事无论善恶皆无分别。”但绝不可推论，因为谣言是动乱的迹象，对它们严密封堵就能避免动乱。其实往往越是对谣言不屑一顾，它们就越不堪一击；若要严密封堵，只会让谣言传得更久。而塔西佗曾说过的那种服从值得怀疑：“他们表面上为国效忠，却更乐于非议命令而非执行命令。”对命令指示吹毛求疵、争辩、找理由，这都是在挣脱约束，企图违抗，如果赞成指令者胆战心惊、小心翼翼，而反对者则胆大妄为，就更可见一斑了。

另外，马基雅维利说得极好：国君本该是民之父母，若自成一党偏向某一方，国家便会像重心不平衡的航船一样瞬间倾覆。法兰西国王亨利三世就是明证，他先是加入驱逐新教的联盟，却被联盟反过来驱逐。因为当君主的权威变成某项事业的装饰品，只要有其他纽带比君权纽带更能打动民众，国君们就会被迅速踢下其位。

当各种钩心斗角和党派纷争变得公开而无所顾忌时，就标志着对政府的尊重已然消失殆尽。因为政要的行为就应该像（地球中心说的说法）围绕着原动天旋转的天体，它们受到原动力牵引，公转十分迅捷，自转则更和缓。如果要员们自行其是时日趋放肆，那就像塔西佗说的，是“完全不顾政府尊严”，表明了这些天体已然脱轨。因为尊严便是上帝赐给君主的束带，也只有上帝才能威胁将其消除：“我也要放松列王的腰带。”

因此，当政府四大支柱——宗教、司法、议会和财政中有任何一个被严重动摇或削弱时，人民便只能祈祷风平浪静了。叛乱的征兆就说到这里（后文中还会有所论述），我们先来谈谈叛乱的要素，然后是判乱的动机，第三则是如何纠正叛乱。

说到叛乱的要素，仔细分析它意义重大，因为防止叛乱最稳妥的措施（如果时代条件的确允许），就是要消除其要素。因为只要助燃物已备好，就很难判断哪一点火星会点燃熊熊大火。叛乱的要素有两种：贫困者众多、不满情绪益增。毫无疑问，破产者越多，就会有越多的叛乱支持者。卢坎对罗马帝国内战前的状况描绘得很出色："财富被高利贷和贪婪的重利吞噬殆尽，信誉被摧毁，从战争中受益者众多。"正是这种"战争受益者众多"的情形，是一个政府即将面临叛乱和纷争确定无疑的标志。如果破产导致的贫困与下等民众对基本生存的渴求结合在一起，叛乱就更是迫在眉睫了——为了填饱肚子发生的叛乱最难以平息。至于不满情绪，它们在政治体内的存在正如人心中的郁结情绪，极易造成无名怒火熊熊燃烧。国君切不可以民众的要求是否合理来衡量危险程度，因为这是在假设人民都极有理性，而事实上他们连对自己有利的事都唾弃不已；也切不可凭不满所导致的痛苦程度来衡量，因为最危险的不满情绪就是恐惧大过痛苦的感觉："遭受的痛苦是有限的，恐惧却无穷无际。"再说了，在高压之下，能激发人忍耐力的那些东西，同样也会消磨勇气，然而恐惧则不尽如此。任何君主或政府也都不可因为不满情绪由来已久、司空见惯，却并未造成任何祸端，就以为能高枕无忧：的确，并非每一片乌云都会变成风暴，然而，乌云虽时时会被吹散，但暴风雨总有降临的一刻。有句西班牙谚语说得好：“绳子最终可能断在那轻轻一拉上。”

叛乱的原因和动机有宗教改革、苛捐杂税、法律和习俗的改变、特权的废除、压迫太甚、小人得到重用、异族入侵、物资匮乏、士兵被遣散、派系争斗激化等等，这些会激怒民众，并让他们同仇敌忾，拧成一股绳。

要想拨乱反正，也许有一些通用的预防之法，我们下面将会谈到，但必须对症下药，而不应墨守成规。

第一种修正预防的办法，就是尽可能地消除我们之前提到的那些导致叛乱的要素，也就是贫民的困窘和有产者的破产。为达此目的，就需要促进贸易的开放和平衡，重视制造业，杜绝懒惰闲散，通过禁奢法令抑制浪费和挥霍，改善、耕耘土地，控制物价，降低税赋和捐贡等等。总的来说，可以预计的是，一个国家的人口（特别是在并未因战争而削减时）绝不可超过本国能维持其国民生存的物资总量，人口也不可仅仅以数量计算，相较于人口数量大，但生存标准低、产出也多的国民，人口数量小，但产出不多又花销巨大的国民定会更迅速地将一国资源消耗殆尽。因此，如果贵族和其他阶层与平民之间的比例不均衡，便会很快令一个国家资源枯竭。同样，神职人员过多也会造成类似情形，因为他们并不能增加一国财富。类似的情况还有培养学者过多，而晋升空间又不足。

同样需要牢记的是，任何国家的财富增长虽然都需要依赖外国（在某处获得的总要在另一处失去），只有三样东西是一个国家可以卖给另一个国家的：在大自然收获的物产、商品以及运输，所以一旦这三个齿轮运转起来，财富就会如同春潮般涌进。过去的许多经验说明，劳作和运输比物产更有价值，并更能令国家富裕，荷兰人就是明证，他们拥有世界上最好的地上矿藏——贸易。

比以上所有更重要的是，须有好的政策来保证一个国家的财富不会集中在少数人手中，否则，这个国家国库虽然充盈，人民却在忍饥挨饿。金钱就如肥料，只有遍施于众才有益。要达到这一目的，就得禁止或至少严格控制高利贷的盘剥生意、积极管理大牧场等等。

下面来说如何消解民众的不满情绪，或者至少令这些不满情绪不再引发危险状况。众所周知，每个国家都有两种臣民：贵族和平民。如果只有其中一种心存不满，危机还并不严重，因为平民们如果没有贵族煽动，便会行动迟缓；而贵族如若只靠自己，便会实力不济，孤掌难鸣。当贵族们静静等待平民的不满情绪酝酿发酵，适时再表达他们自己的不满，这才是最危险的。诗人们曾讲述过，当其他众神想要束缚住朱庇特，朱庇特得知后，在帕拉斯的建议下召来百臂巨人布里阿柔斯相助。这个故事毫无疑问能够证明，君主们如果能得到民众的拥戴，他的王位将会无比稳固。

如若给予民众适当的自由来发泄他们的悲哀和不满——只要这种自由不至于太过放肆，就会安全无虞。因为隐忍怨气只会让内心的伤口淌血，导致积郁成疾，甚至恶化成更严重的囊肿。

面对不满情绪时，后见之神埃庇米修斯差一点就变成了先见之神普罗米修斯，因为他实在应对得太好了：当潘多拉魔盒中的罪恶和痛楚飞出时，他最终还是合上了盖子，把希望留在了盒底。毋庸置疑，巧妙地培养和促生希望，引导着人们不断地从一种希望到另一种希望，正是治疗不满情绪之流毒的最好药方。当一个政权无法用令民众满意的方式打动人心时，如果它能用希望打动民众，这就标志着此政权的明智；按照这样的方式处理问题，祸端似乎并不会毫无道理地降临，因为仍然存在避免祸端的希望。无论是个人还是党派，都会为播种希望而扬扬自得，即便他们不相信希望，也至少应容忍它的存在。

除此之外，还有一种众所周知也极为有效的预防措施，那就是防范那些可能成为反对党领袖的人物。据我了解，这种领袖需要伟大品质、卓著声名，面对不满人群时自信满满，能吸引他们的关注，并让民众以为他自己也心怀不满。对付这种领袖人物，政府要么就用可靠而迅捷的手段将他争取过来，使他归顺；要么就从其党派中另立领袖，令两虎相争，从而瓦解其声望。总而言之，就是将所有这些反对政府的政党或联合力量分而化之，逐个击破，施以离间手段，或者至少让他们相互猜忌。这种预防方法不算太坏，而一旦政府的实权力量已经分崩离析，反对派却万众一心，那就真是绝境了。

我还注意到，有些君主出言尖刻，曾为叛乱者提供了火药。当恺撒说出“苏拉并非有学识之人，因此绝不能成为统治者”时，他就招致了杀身之祸，因为这句话完全斩断了民众一直以来的希望 —— 他总有一天会将自己的统治权移交他人。加尔巴则因那句“绝不收买士兵，只招募士兵”的话毁灭了自己，因为士兵们想得到赏赐的希望就这么被浇灭了。普罗布斯也一样，他说“只要我活着，罗马帝国就无须士兵”，于是引火上身，因为这句话让士兵们绝望。如此种种，不一而足。君主们在敏感话题和躁动时代特别要注意自己的言辞，这一点毋庸置疑，特别是那些短小精悍的发言，容易如离弦之箭不胫而走，被误认为是君主的心声。而那些长篇大论则因为太平淡枯燥，并不会得到太多关注。

最后，为了能将叛乱的苗头扼杀在襁褓中，君主身边必定要有一个甚至众多的骁勇战将。否则，一旦有纷争爆发，事情虽小，却会导致整个政府体系失控，正如塔西佗所说，政府将会面临这种危险：“存心作乱者稀，心有邪念者众，所有人都默许其发生。”但要注意，这些得力战将必须声名显赫、忠良可靠，绝不可拉帮结派、收买民心，他们还需与政府中其他要员默契配合，否则，这种补救措施将会比疾患本身更糟糕。

16 论不信神

我宁愿相信《圣徒传记》《塔木德经》和《古兰经》中的所有寓言，也不相信宇宙的秩序中并不存在神的意志，因此上帝无须用奇迹来说服不信神者，因为他的创世之功已是明证。的确，学到哲学皮毛的人会倾向于无神论，但哲学的深邃却会将人的思维指向宗教。当人类的思维向上寻找四散的第二动因时，有人会将最终根源归于此而并不再深究，但如若寻找连接这些第二因，使其相互联合的锁链，就必须追溯到天意和神的存在上。即便是被人斥为最不信神的学派——留基伯、德谟克利特和伊壁鸠鲁的原子派——也恰恰显示了宗教内涵。因为认为四种可变元素和第五种不可变元素被永恒地安置于宇宙中，无须神存在的学说，要比认为一些无限小的原子或粒子，位置不固定，却能够在没有神力的影响下制造出如此秩序井然而美丽世界的学说要可信得多。

《圣经》曾说："愚顽人心里说'没有神'。"但《圣经》并未说愚蠢之人心中所想是什么，所以，与其说他彻头彻尾地相信这一点，或是已经被人说服相信此事，倒不如说这只是他的机械性重复而已。因为没人会否认上帝的存在，除非有人故意想让他相信上帝不存在。以下情形最能说明这一点：所谓不信神只是嘴上说说，却无法深入人心，不信神者会大谈他们的主张，就像连自己也不太确信，想通过其他人的赞同来增强自己不信神的想法。更不用说那些无神论者也努力争取信徒，这一点与其他宗派毫无二致。最重要的是，他们宁愿受尽折磨也要坚持无神论的主张，绝对不放弃这一信仰。然而，如果他们的确相信没有上帝的话，又何必如此麻烦呢？当伊壁鸠鲁断言神确实存在，神却只顾自己享受、不管世俗世界的死活时，人们说他其实信神，只是为了维持声誉才掩饰自己的真实想法。这种说法一定是中伤，因其言论高贵而神圣："拒绝相信他人所信的神并非亵渎神灵，真正的亵渎之举是相信他人对神的见解。"即使是柏拉图恐怕也不能比他说得更精辟。尽管他有自信来否认神对世事的干预，却不敢否认神之本性。西印度群岛的人类对不同的神明有不同的称呼，但没有能称呼上帝之名的，就像罗马异教徒虽然有朱庇特、阿波罗、玛尔斯之类的神名，却没有"天主"之名。这说明，即便是那些野蛮民族也有此概念，只不过没有思想纵深去理解它。在反对无神论方面，最野蛮的人和最敏锐的哲学家站到了一边。

思想深邃的无神论者很少见，有一个迪亚哥拉斯、一个彼翁，大概卢奇安也能算得上，还有其他几个人，但他们看上去却人数众多，因为所有对公认的宗教或迷信抱有怀疑的人都被贴上不信神者的标签。然而，真正的无神论者确是十足的伪君子，他们总在接触神圣之物，却从不心有所动，最终免不了良心麻木。

造成不信神的原因是教派的四分五裂。虽然如果某个教派一分为二，只会让对立双方更加狂热，但若分裂过剧，则只会让无神论有可乘之机。另一个原因是教士的丑闻，如果教士的丑闻严重到了圣伯尔纳铎曾说的那样："如今不能说教士亦如常人，因为现实是，常人也没有教士那么败坏。"第三个原因是对神圣之事的谩骂谴责习以为常，因为这样只会一点一滴地消磨对宗教的崇敬之情。最后一个原因是学术繁荣，特别是在欣欣向荣的太平年代，而纷争与逆境确实能让人心更倾向于宗教。

那些否认上帝的人摧毁了人的高贵性，因为人类在肉体上总是与野兽颇为接近的，如果精神上再不与神接近，他就只会成为低贱卑下的造物。同样，无神论还会摧毁人的高尚和人性的提升。就拿狗举例子吧，如若它有人类主人照顾，将会拥有何等的坚忍与勇气。人类之于它，正如上帝或更善良的存在之于人类的意义，如果没有对比自己更善良之存在的信心，便绝不可能获得它所显示的那种勇气。人类如果能安心确信自己有神的庇佑和恩典，就能拥有人性本身无法生发的力量和信仰。

正因如此，无论从哪个方面来讲，无神论都令人痛恨，因为它会剥夺人类超越自我、超越人性之懦弱的途径。人是如此，国家也一样。世间没有任何国家如罗马那般崇高，因为他们听从了西塞罗的劝谕："我们尽可为自己骄傲，为罗马自豪，虽然我们在数量上不如西班牙人，在力量上不如高卢人，在狡猾上比不过迦太基人，在技艺上不如希腊人，甚至在对自己出生国家和土地的拳拳爱国之心上，也比不过意大利人和拉丁人；但论及虔诚和宗教信仰，论及将不朽神明视为万物之主宰这一智慧上，我们超越了所有国家和民族。"

17 论迷信

对于上帝即便一无所知，也好过对它妄加评论，因为前者只是不信神，后者则是对神的侮辱。毋庸置疑，迷信就是对神的亵渎。普鲁塔克在这一点上一语中的，他说：“我宁愿众人说世上本无普鲁塔克，也不愿意他们说，世上有个会在子女一出生就吃掉他们的普鲁塔克，就像诗人们说萨图尔努斯那样。”这种侮辱对上帝的亵渎越严重，对世人而言也就越危险。

不信神会让人转而求诸感官、哲学、亲情、律法和声望，所有这些都可以引导人走向某种非宗教的外在德行，迷信则会毁掉这一切，在人心中树立一个绝对权威的君主。因此，无神论从未颠覆任何国家，它会让人无须诉诸遥远之物，随时警醒自身。我们也看到过有些时代让人倾向于无神论，如奥古斯都时代，这些时代都很太平。迷信则令许多国家陷入混乱，带入一个新的“第十重天”，吞噬了政府的方方面面。

迷信的主宰者是平民。在所有的迷信中，智者追随愚昧之人，理论适应实际操作，本末倒置。在经院派哲学家占据主导的特兰托宗教会议上，有些主教就严肃地指出，经院派哲学家们就像天文学家一样，那些人生造出偏心圆和本轮之类的轨道模型，即便知道它们只是子虚乌有，还要用它们来解释天文现象，经院哲学家们也用各种繁复隐晦的理论和原则来解释教会的做法。

迷信的成因有以下几点：令人感官愉悦的典礼和仪式；过度滥用华而不实的宗教形式；对只会让教会负担沉重的传统过于坚持；高级教会人员为了野心和钱财耍阴谋诡计；过于看重善心，只会打开欺骗和标新立异的大门；引导人类向往神圣事务，只会引发奇思怪想；最后一点是野蛮时代，特别是充斥着灾难祸端的时代。

迷信一旦掀开面纱，便只是畸形的东西，正如类人猿的形体，越扭曲得像人类，便越丑陋；迷信也是如此，越是要伪装得与宗教相似，就越畸形。正如鲜肉腐坏后会生蛆，好的宗教形式和秩序腐坏后也会变成繁文缛节。人们以为最好的做法是离以前的迷信越远越好，在躲避迷信时便又陷入了新的迷信。因此，正如在生病时清肠，一定要谨慎行事，不可良莠不分，将其一同摈弃。当民众成为改良者，最易犯此错误。

18 论旅行

旅行对于年轻人而言是教育的一部分，对于年长者而言则是经历的一部分。如果没有学习一国语言便去该国旅行，那只能算学习而不是旅行。我很赞成年轻人与家庭教师或稳重的仆从一同旅行，随行之人需懂得该国语言，也曾去过此地，可以指点年轻人哪些风情值得一观、应该结交何等人物、可以学习何种运动。否则的话，这些年轻人就会懵懵懂懂，收获甚微。

有奇事一桩：航海远行中明明除了天空和海洋以外，再无其他景致可见，人们却热衷于写日记；陆地旅行时一步一景，人们却总会忽略，就好像偶然所得要比悉心观察更值得着墨一些。让你的日记派上用场吧。

游历外国时值得一观的有：王庭，特别是一国君主接见外国使节的时候；法官开庭审案时，当然还有各派教会的宗教会议；教堂僧侣院及其中历史建筑、城市乡镇的墙垣和堡垒、码头和港湾、古迹和废墟、图书馆、各类学院及有时举行的公开辩论和演讲、舰船和海军、大城市附近壮美的楼宇花园、军械库、兵工厂、火药厂、交易中心、圣餐布箱、仓库、骑手训练、击剑场、军事训练等等；上流社会热衷的戏剧表演、奇珍异宝、华丽服饰、珍品橱和稀罕物件。总而言之，是他们所到之处值得纪念的一切。随行的教师或仆役应该提早打探相关去处。至于盛典、化装舞会、盛宴、婚礼葬礼、公开行刑之类的，最好不要太过在意，但遇上了也不必无视。

如果你将要为年轻人安排去小国旅行，希望让他在短时间内收获良多，你就要做到如下几点。首先，我们已经说过，他去之前应该学习当地语言；其次，如前所述，需要有了解该国的仆役或教师随行；最后还要让他随身携带一些描绘该国的书籍卡片，这将会帮他随时解惑。最好随时写写日记，不要在同一个城市或乡镇待得太久，除非这个地方值得多作停留。即便需要待在某个城镇，也尽量留宿不同区域，这样才能结识更多人。不要让他与本国同胞扎堆，而是去能够结交当地好友的地方用餐。当他从一处去往另一处时，一定要有写给所到之处上流人物的推荐信，这样就能得到对方帮助，看想看的东西，了解他想了解的风俗，短暂旅行也能收获颇丰。至于旅行时应该结识何等人物，莫过于各国大使的秘书或雇员，这样他去一国旅行，却能汲取游历多国的经验。他也应去拜访名扬天下的人物，亲自验证下是否名副其实。一定要谨小慎微，避免争端，因为争端通常是因情人、祝酒词不恰当、座次或言语不慎而起。旅行者需谨慎，要了解旅伴是否暴躁或易与人争论，因为这样的旅伴会将同伴卷入自己的争端中。

旅行者归家之后，一定不可让他将游历的国家抛诸脑后，要与那些最值得结交的朋友保持通信联络，旅行经历应体现在论述中，不要体现在衣着和举止上——即便是论述，也要谨慎行文，而不要急于滔滔不绝。一定不要因为游历了外国就改变本国的习惯，而要将所游历之国某些出色之处融入本国习俗中。

19 论帝王

渴望的事物很少，恐惧的事物很多，这样的心态实在可悲。然而，它却在国王们中极为寻常。他们高高在上，已经没有非常想得到的东西，这反而使他们更加焦虑；同时他们又恐惧危险和未知的事物，让他们的内心难以澄澈。也正因此，《圣经》里才有如下说法：“君王之心也测不透。”因为心中有诸多嫉妒，又缺乏某种压倒性的欲望来约束，这样的人，内心实难猜测。如此一来，君主们常常会为自己制造欲望，把心思寄托于玩物之上，有时是一栋建筑，有时是确立某种新的秩序，有时是栽培某人，有时是在某种艺术或手工技艺上出类拔萃，就像尼禄擅长弹奏竖琴，图密善以极稳之手射箭，康茂德擅长剑术，卡拉卡拉善驾等等。人们往往更容易从小事中获得更多乐趣，而在大业上停滞不前则常常令人沮丧，这种现象令有些人觉得不可思议。我们还看到，那些早年成为幸运征服者的君主，因为不可能永无止境地继续前进，总会有不走运或失败的时候，晚年多半会变得迷信而忧愁，如亚历山大大帝、戴克里先，以及我们还清晰记得的查理五世。因为他们已经习惯不断前行，一旦停滞不前，就会自暴自弃，再回不去原本模样。

现在来谈谈君权真正的平衡，这极难得，也很难保持，就像温和与暴虐充满着矛盾。然而，将矛盾融合在一起与让矛盾交替出现截然不同。阿波罗尼奥斯回答苇斯巴芗的话是极其出色的指导。当苇斯巴芗问他尼禄因何被推翻时，他回答说：“尼禄虽善弹奏竖琴，但治理国家却有时将弦调得太紧，有时又调得太松。毫无疑问，不合时宜，失去平衡，时而滥权施压，时而放任自流，没有什么行为会比这更容易毁掉国君的权威了。”

确实如此，近世君主们的治国智慧，与其说是踏实做事避免危险和灾祸，倒不如说是在大难临头时机智应对，消灾弭祸。但这只不过是与幸运女神赌博而已。一定要让民众清楚地意识到忽略、隐忍纷争的苗头将会有怎样的后果，因为没人能阻挡星星之火燎原，也没人能说出它何时会燎原。君王事业中遇到的困难繁重又巨大，但最大的困难常常来自他们的内心。塔西佗说过，君王们常会渴望矛盾之物。“君王之欲常热烈又自相矛盾”，想实现其目的，却又不忍心施展手腕，这实在是权力最深刻的矛盾之处。

君主需与各色人等周旋，邻国、妻妾、子女、主教牧师、王公贵族、低等贵族和士绅、商贾、平民和士兵，如果不慎重周密行事，各种周旋中都可能产生危险。

第一是与邻国斡旋，不太可能有普遍的法则，诸国邦交变数太多，除了一条永远成立，这就是，君主必须时刻警惕，不能让任何邻国大肆发展 —— 领土扩张、扩大贸易或道路通达等等，强大到对本国的威胁变得前所未有，这往往是当届政府需要预见并阻止的。在英格兰亨利八世、法兰西弗兰西斯一世和罗马帝国查理五世三足鼎立的时代，三国都严密监视对手的动向，任何一家若赢了巴掌大的一块地，另外两家都会立即行动，通过条约或是在必要时宣战，以达到三方的平衡，绝不会牺牲利益来换取和平。同样的情况发生在圭恰迪尼称为意大利安全保障的联盟中，联盟的参与者有那不勒斯的斐迪南国王、佛罗伦萨的洛伦佐·美第奇大公、米兰的卢多维科·斯福尔扎大公。有些经院派认为，只有被人侵犯或挑衅时发动的战争才是正义的。没人赞同他们的话，因为毫无疑问，对危险临近的恐惧完全是合理的，即便无人先出手，仍能成为战争的正当理由。

说到与后宫斡旋，残酷例子可不少。莉维亚因为毒死丈夫而臭名昭著；苏里曼的妻子罗克塞拉娜不仅毁掉了受人尊敬的王子穆斯塔法，还扰乱了皇室和血缘；英格兰爱德华二世的皇后是废黜并谋害其夫的幕后推手。因此，当后妃们阴谋要让自己的孩子上位，或与他人有私情时，君主一定要小心提防。

说到与子女斡旋，同样，由他们而生的悲剧和危险也比比皆是。总的来说，当父亲开始怀疑自己的骨肉，不幸就已发轫。前面我们提到过的穆斯塔法之殇对苏里曼一族血统有致命伤害，直到今天，土耳其的苏里曼一脉都被怀疑血统不纯，因为谢利姆二世被认为并非王族血脉。君士坦丁大帝处死自己年轻有为的儿子克里斯普斯也同样对整个家族造成了致命的伤害，因为他的儿子康斯坦提努斯和康斯坦斯都暴毙而亡，而另一个儿子康斯坦提乌斯也没什么好结局，虽然是死于疾病，都是在朱利安起兵反对他之后。马其顿的腓力二世误杀其子德米特里乌斯，后来国王也因此悔恨而死。这种例子不胜枚举，而且几乎没有父亲能从这种对子女的猜忌中得到好处，除非他的子嗣确已公开起兵反抗他，正如苏里曼一世对付巴耶塞特，以及英格兰亨利二世对付他的三个儿子。

说到与主教斡旋，主教们骄横自大时，也会制造危险，正如坎特伯雷的大主教安塞姆和托马斯·贝克特，他们几乎以手中的教会权杖挑战了国王的利剑，不过他们的对手是稳健而顽强的国君威廉二世、亨利一世和亨利二世。危险并非来自国内，要么是有人与外国势力内外勾结，要么是神职人员的选举并非由君主或某位代行圣职之人决定，而由民众决定。

说到与贵族们斡旋，与他们保持一定距离并不为过，但压制贵族虽然可能让君主拥有更大的权威，却只会让他们更不安全，更无法实现其心之所欲。我已经在《英王亨利七世传》中指出过，当他压制自己的贵族时，统治中充满困境和纷争，而他的贵族虽继续效忠，却不会配合其事业，导致他最终孤掌难鸣。

说到低等贵族，他们不会制造太多危险，那是散沙一片，也许时不时迸出激进言论，但不会对国君有多大伤害；另外，他们的存在能够制衡高等贵族，确保后者不至于过分强大；最后，正因为他们是平民最直接的领导者，因此最能缓和君主与百姓间的关系。

说到商贾，他们就像是一国的门静脉，若流通不畅，帝国也许拥有强健的四肢，但血脉不足，营养不良。对他们施以苛捐杂税对国王的财政收入来说少有好处，虽能从大处获得税收，却又都从小处丧失殆尽，各项税收虽然增加，贸易总量却会减少。

说到百姓，他们倒是几乎不构成任何威胁，除非他们拥有伟大而强力的领袖，或者你对他们的宗教、习俗和生活方式加以干涉。

说到士兵，如果他们同吃同住，总隶属同一个部队，习惯打完仗领赏，那就是种危险的状态，我们见过土耳其近卫步兵和古罗马禁卫军的例子。但训练士兵，将他们武装起来，兵无常帅、驻无常地，并不领赏赐，就能加以预防，避免危险。

国君正如天上的星宿，能带来清平盛世，也能招致灾祸连连。他们受人尊崇，却永无安宁。所有针对君主的戒律可以归为两种：记住你首先是凡人；记住你还是个神，或者是神的代言人。前者约束君主的权力，后者控制君主的意志。

20 论谏言

人与人之间最大的信任便是接受谏言。在别的方面信任他人，意味着你只是托付了人生中的某些部分，如你的土地、财产、子女、信誉或各类特殊事务；而一旦将他人视为你的谏言者，你就将一切都托付了。正因如此，他们必须是正直忠贞之人。

明智的君主切不可以为依赖谏言就是在削弱自己的伟大，显得自己能力不足。谏言者对上帝而言也不可或缺，否则不会将“劝世者”作为圣子的尊号之一。所罗门也曾直言：纳谏可保家国安稳。凡事都有波折，不是在谏言争论的洪流中跌宕，便是在运气的波澜中载沉载浮，无章可循，就像醉酒之人步履蹒跚。所罗门意识到谏言的必要性，他的儿子则证明了谏言的力量——这个被上帝恩宠的王国正因罗波安错信谗言导致了分裂。这种谗言为我们指出了辨坏谏言的两个标准：绝不可听信黄口小儿的妄言，绝不可听从暴力之徒的狂言。

古人用比喻的方式为我们树立了两个原则：国君不可离开

谏言者，聪明的国君必会巧用谏言。故事之一讲的是：朱庇特娶了智慧女神墨提斯，后者代表着谏言，说明主权应该与谏言联姻。故事还有后续，在两人结婚后，墨提斯怀了孩子，但朱庇特不能容忍她活到分娩，便将她吃下肚，自己身怀六甲，从头颅里跳出了全身披挂的战神雅典娜。这一可怕的寓言其实蕴含着帝国的秘密：国君该如何利用一国的谏官。首先，国王将问题扔给议会，这便是起初的受孕；问题在议会的子宫中逐渐成形、成熟，但在对外宣布时，却绝不能让议会去执行，让人以为这件事是靠他们完成的，而要夺回自己手里，让世人认为最终的决定——因为这些决定谨慎而有力，正如身披战甲的帕拉斯——都是国王的功劳，不仅出自他们的权威，更出自他们的足智多谋，这样能为国王提高声誉。

我们现在来谈谈谏言的弊病及其解决之道。求贤纳谏带来的弊病显而易见有三种：第一，容易走漏风声，不利于保守秘密；第二，会削弱君主的权威，就好像他们并没有那么强大；第三，有不忠者进谗言的风险，进言对谏言者而非对国君有利。为了解决这些弊端，意大利和法兰西一些国王统治时引入了密室议会，然而这一解决之道却比弊端本身更糟糕。

首先是保密问题，国君无须就所有问题咨询所有的议事者，可以择重点选择不同议事者商议，虽然国君询问的是该如何行事，但也没必要向谏言者交代自己将会如何行事。但请诸位国君谨记，切不可由自己口中走漏风声。至于密室议会，“简直四处漏风”就是他们的格言。只要有一个碎嘴长舌的害群之马，再多人保持缄默都无法弥补。的确，有些国事需要极度保密，除了国君本人只能有一两个人知悉，谏言者数量不多也不一定是坏事，除了能保守秘密之外，人少反而能齐心协力，少有分歧。不过国君一定要慎重精明，独立自主，而这些心腹谏言者也要睿智，并能真正忠于国君的志向。这就是英格兰亨利七世的做法，他在施展宏图时除了与莫顿和福克斯商议之外，从不告知他人。

至于有损权威的问题，寓言已经告诉我们该如何修正。当君主落座于议会厅，他的权威并未被削弱，只会增强。也从未有哪个君主被谏言者夺取了王权，除非某个谏言者过于强大，或形形色色的谏言者过从甚密、拉帮结派，而这两种情况都能很快被察觉并制止。

至于最后一个弊端，有人进言时抱着某种私心，当然了，“遇得见世上有信德么”这句话描述的是时代本性，而非个人天性，有人天性就忠贞、诚挚、坦诚直接，既不阴险狡诈，也不复杂难懂。最重要的是国君们须被这样的天性所吸引。再说了，谏言者之间通常也不会很团结，都会相互提防，因此，真要有谁的谏言是出于党派利益或一己之私，国王也都会有所耳闻。但最好的补救之法，是要让国君像顾问们了解他那样了解自己的顾问们。“君主最伟大的德行就是知人善任。”从另一方面来讲，顾问们也不要过度揣摩国君的心思，谏言者最优良的品质是在他们君主的事业方面足智多谋，而非通晓君主的秉性，因为谏言者应该向他提供建议，而非曲意逢迎。君主如果既能单独听取每个言官的个人想法，又能公开纳谏，效果会极为显著，因为私人意见更加无拘无束，而在他人面前发表意见时则会更加恭敬，私下里人们会勇敢地一抒己见，而在公众场合，则会更在乎他人的看法。因此，最好是兼而听之：听取下级谏官意见时最好在私下里，让他们能畅所欲言；听取高级谏官意见时最好在公开场合，让他们保持恭谦。如果君主只为事务性问题征求意见，却不为人员任免广纳谏言，那纳谏也是白费工夫，因为所有事务执行情况如何，都完全取决于对相关负责人员的选择。听取人员任用的谏言也不应仅依据该人的社会阶层，好像根据数学方法或某种理论就能研究出这个人会有何种品性。最能体现睿智，或最易铸成大错的，都是在人员选用上。古语有云：死者是最好的谏官。即便他们害怕因言获罪，也会在书中坦陈其志。从书中汲取建议是一剂良方，特别是那些也曾在时代舞台上叱咤风云的人撰写的书籍。

今日大多数国家的谏言会议已不过是熟人的集会，人们谈论国事，却不为此展开辩论，议会的决议和命令太过迅速地变成了法令。更好的做法是，对重要事务的讨论最好放在第二天，第一天只宣布相关议题，因为“暗夜才是谏言之时”，英格兰苏格兰合并事宜委员会便是这么做的，这个委员会确实庄严有序。我赞同为不同议题设定讨论日期，这样，议案提出者就更能保证自己出席，也会让议会有时间去讨论其他国家大事。至于议会处理临时事务的委员会成员，最好选择中立之人，而不要选择在此事务上各执己见的人以达到平衡。我还赞同针对贸易、财政、战争、诉讼和行省事务，设立一些常设委员会。如果像西班牙那样有各类不同的委员会，但只有一个议会，它们实际上就与常设委员会别无二致，差别只在于前者拥有更大的权威。应该首先由委员会听取相关行业的专业人士，如律师、海员、铸币厂人员等等的建议，如果情况需要，再提交给议会。千万不可让他们成群结队冲去议会，或慷慨陈词，那只是吵吵嚷嚷地胁迫议会，而非提供参考。会议桌该用长桌还是方桌，或沿着墙壁排列座位，这些看上去只是形式问题，却有实质作用。因为在长桌落座，那些身居桌首的人往往会左右整个讨论，而用另一种形式，那些坐在低处议员的意见也会受到重视。国王如果主持议会一定要小心，切不可就某个意见显出明显的倾向性，否则议员们不会各抒己见，只会随声附和，唱一曲取悦君主的赞歌。

21 论拖延

运势正如市场走向，很多时候，只要你能再待久一点，价格就能跌下来；但有时也会像西彼拉的那套预言之书，起先是以高价整套出售，后来虽毁掉三卷，又毁掉三卷，仍以相同高价出售。时机正如谚语所说：如果你没抓住额前发，就只能面对秃脑勺。

机不可失，时不再来。毫无疑问，大智慧者善于抓住万事万物发轫之时。即便危机显得不足为虑，也不可掉以轻心。危机大多以假象愚弄人，少以强力折磨人。情愿在危机还未靠近时就迎头面对，也不能花太长时间监视它们的步步紧逼，小心提防被动局面的时间越长，越容易丧失警惕。相反，被拉长的影子欺骗——就像月亮低低地斜照着敌人的背影时——时机尚未成熟便开枪，或只要危机临近，就过早地冲向它们，这种极端做法也不可取。

如上所言，务必不断权衡时机是否成熟。总的来说，要想做大事，最好先让百眼巨人阿尔戈斯先行一步，再让百臂巨人布里阿柔斯殿后，事前谨慎观察，然后一鼓作气。能让政客们隐而不显的冥王头盔，正是隐秘议事和迅捷执行的关键。待到万事俱备只欠行动时，隐秘从事便要让位于迅捷执行，就如空中飞过的子弹，速度远非目力所及。

22 论诡计

我们将诡计视为邪恶或狡诈的智慧，当然，诡计多端的人与明智的人天差地别，差别不仅在于诚实与否，还在于他们的能力。正如有人打牌时懂得如何使诈，却仍然玩不好牌，同样的道理，有些人在游说他人、派系争斗时游刃有余，却仍不能算是强者。我曾说过，识人善辨与深谙世事是截然不同的两回事，有些人虽能洞见人的脾性，却在真正的事务处理能力上不尽如人意，因为他研究他人多过研究书本。这类人更适合执行决策而不适合谏言，他们自有其施展的空间；若要令他们面对不同的人，他们便会立即丧失本领。而区分贤者与愚笨之人的古老规则“令二者赤条条面对陌生人，你就能一眼明辨”，倒极少对他们适用。这些诡计多端之人就像小集市里的男装店店员，权且把他们的手法像商品那样逐一呈现。

狡诈的重点之一就是在跟人交谈时注意对方的一言一行，就像耶稣信徒的教义中所论的那样。许多智慧之人心中若有秘密，神情就难以掩饰。当然，观察时也要记得将双眼谦卑地垂下，这也是耶稣信徒们经常做的。

另一个重点则是，当你有急事需要他人立即签署某个文件时，要东拉西扯，这样他就不太会头脑清醒地反对这件事了。我就认识一位议员兼秘书，每次给伊丽莎白女王签文件时，总是会先跟她聊聊某件别的国家大事，这样她就没空细想手头的文件了。

类似的方法还有，当对方行色匆匆时，赶紧推进你想要完成的事，这样对方就没空仔细琢磨你所推进之事是否明智。

如若有人不赞同某件事，又生怕他人会满怀热情积极推动，那么他就该假装希望此事成功，亲自主动推进，而所用推进之法则足以使此事泡汤。

越是欲言又止，好像自己不小心失言了，就越能激起聊天对象的极大兴趣，想知道你到底要说什么。

被询问时，越是看上去像不得不答，效果就越比自己主动提出要好。可以诱人提问，比如神情和态度与往常大相径庭，这样他人便会问你原因了，就像尼希米所做的那样："我素来在王面前没有愁容。"

在那些难以启齿又令人不快的话题中，最好是让人微言轻者来捅破窗户纸，而位高权重者则可以在之后装作偶然进来。这样，便可以就前者的说法向他发问。纳西索斯就是这样向克劳狄禀报梅萨利纳和西利乌斯的秘密婚姻的。

至于那些人们并未亲见又须讨论之事，狡猾的做法就是借世人之口，比如"世人皆言"，或"外面有种说法"……

我认识一个人，在写信时会把最具有实质性的问题留在最后说出来，就好像这只是他临时想到的一样。

我还认识另外一个人，当他做某个演讲时，总会略提一句自己最想要说的事情，便继续长篇大论别的事务，再回头提一句，就好像他差点忘了此事一样。

当那些想说服的人出现之时，要让自己表现得无比意外，常常手上还拿着一封信，或是正在做一些通常并不会做的事情，这样对方就会主动问及自己正想谈论的话题。

狡黠的另一重点便是，由己之口说出某些话语，让他人学舌使用，然后再加以利用。在伊丽莎白女王当政时，我认识两位竞争国务秘书一职的人，他们之间的关系保持得不错，仍然能够就国事问题聊天。其中一人说，在帝国衰落之时担任国务秘书颇有难处，他对这一职务并不感冒；另一个人立刻学会了这句话，在自己朋友面前也表明自己完全没理由渴望在帝国衰落时担任国务秘书。前者听到风声后找到机会让女王听闻此事，女王一听到“帝国衰落”便凤颜大怒，自此之后再也听不进后者的任何话语了。

在英国，我们有一种狡计被称作是“锅中翻猫”，也就是某个人对另一个人说了些话，之后却说是对方说给他听的。的确，在这种只有两个人在场的情况下很难证明，到底谁起的头，谁挑的事，外人不得而知。

另有人狡猾地故意用否定某事来证明自己的光明磊落，好放冷箭伤害他人，比如说“我就不会这么做”。提格利努斯就是这样暗害布鲁斯："他并不寄予太多期望，只不过想确保吾皇的安全。"

有些人总有满腹奇闻异事，又好像他们从未在任何事情上含沙射影，却能将这些事裹上传闻的外衣，既能确保自己的周全，又能令其他人欣欣然地将流言传播开来。

用自己的措辞和观点来引导他人形成自己想要的答案，这不失为一个妙招，因为它能让对方不至于过分坚持。

令人不可思议的是，有些人能够绕极大的圈子、扯极多与主旨无关的事务，极其耐心地拖沓良久，才勉强说出心中所欲。这真是极考验耐心的做法，但也确实行之有效。

一个出乎意料、直言不讳、令人措手不及的问题，在许多场合下都会令听者大感意外，并让他无所遁形。就像一位改名易姓之人正在圣保罗教堂散步，突然有人在他身后大声喊他的真名，他定会回头张望。

这些无关紧要的狡诈技巧其实无穷无尽，但将之一一罗列确有好处，因为如果误将狡诈之徒错认为智慧之人，对国家造成的伤害就会无法估量。

毋庸置疑，有些人虽然熟知达到其目的之各类手段，却无法触及事务的核心，正如一栋虽有便捷的楼梯和出入口，却连个像样的房间都没有的大宅。你会看到狡诈之人能找出结论中无足轻重的漏洞，却永远无法真正探究、争论事物本质。尽管如此，但他们总能从自己的无所作为中获利，并被误以为是治国之栋梁。一些人甚至全靠踩着他人上位，正如我们所谈到的那样玩弄诡计、投机取巧，完全不是依靠自己的努力。不过所罗门也曾说过：“通达人懂得自省；愚昧人靠的是欺骗。”

23 论利己之智

就为自己谋生而言，蚂蚁是种很聪明的生物，但是对果园、花圃来说，却是祸害。同样地，自私的人也必定会损害公众利益。

他们的理智中一己之爱与社会之爱完全割裂，这样，既然要彻底地忠于自己，就不得不对他人虚情假意了——特别是欺瞒他的国王与国家。如果人的行为围绕着一己之私这个中心，那是完全世俗低微的。因为他只会坚持以自己为核心，而真正与天堂有关的其他一切事物，都围绕另外的中心运动，并以此获益。

若是作为主权者的国君以自我为中心，此等情况尚可容忍，因为他们不仅代表自己，他们的福祸与公众的利益也息息相关。但若国君的仆人或共和国的公民心怀一己之私，那真的是无可救药的罪恶了。不管他经手什么事务，都会将其扭曲以达到自己的目的，而原本这些事务都应以实现他的主人和国家的目的为中心。因此，君主们一定不要选这种人做仆人，除非选人的目的就是让他们做一些无关痛痒的事。更严重的是，它令纲纪混乱，臣仆的利益高于君主之上本来就本末倒置，而为了臣仆的私利竟然罔顾君主的大利，那就大错特错了。然而，这便是贪官污吏、腐败的财政官、使节、将军和其他臣仆的所作所为。他们只顾眼前的蝇头小利，却将国君的伟业抛诸脑后。这样的臣仆所追求的只不过是自己的财富，而他们出卖的则是一国一君之财。极端的自私自利之徒天性就如此，为了烤熟自家的鸡蛋不惜烧毁他人的房屋，然而他们却经常能讨得主人的欢心，因为这种人往往精通如何讨好主人以获利之术。不管是怎样的目的，他们可以随时牺牲自己手头的事务。

为一己之私而耍的各种小聪明说到底属于道德败坏。它是鼠辈的智慧，大难临头前必定四散逃走；它是狐狸的狡猾，只会对恩人反咬一口；它是鳄鱼的聪明，咬死了猎物还洒下假惺惺的泪水。但特别需要指出的是，正如西塞罗对庞培的评价那样，那些真正自私自利的人往往命运可悲。虽然他们总为自己牺牲其他人，以为凭自己的聪明已经扼住了命运的咽喉，最后却成了命运无常的祭品。

24 论创新

动物初生时往往样貌丑陋，各种创新甫一问世也会其貌不扬，因为它们都是时间的产儿。尽管如此，正如第一个为家族争光的成员通常比荣誉继承者更受人尊敬一样，最初的创新——只要出色——即便被后来者仿效也不会黯然失色。当人之本性变得堕落，恶就拥有自然的惯性，愈延续就愈强。相反，善则是一种强制之力，因此在最初时十分强烈。毋庸置疑，每种良药都是创新，不愿用新药的人只能等着病痛折磨，因为时间才是最伟大的发明家。

如果时间会令诸事逐渐走向衰败，而智慧与谏言又不可令诸事有所好转，最终将是怎样的结果？的确，由习俗而确立的惯例虽不一定出色，却至少符合民情，即便那些早已消逝的事物，当时也都与周遭环境融洽和谐，而新生事物则总有点格格不入，虽然发挥了一定功效，却因为不适合而麻烦重重。它们就像陌生人，可敬而不可亲。

确切无疑的是，如果不断流逝的时间停滞不前，那么，顽固地坚守传统恐怕也会像创新一样暗潮汹涌。那些过于尊崇旧时代的，对新时代而言只不过徒增笑柄。

正因如此，世人若要创新，最好仿效时间这一榜样，它同样进行着伟大的革新，却不动声色，缓缓而行，几乎不被人察觉。如若不然，新事物都将成为意外之事，即便能有所改良，也会造成伤害。从中得益者也许把它当作幸事一件，并感激时代；可受损者就会将其当作错误，并归咎于新政策的倡导者。最好不要在一国随意进行革新实验，除非情势所逼，或功效非常明显。另外要明白的是，应当是改革引起变化，而不是为改革而改革。新鲜事物虽然不可拒绝，但总该持有怀疑之心，正如《圣经》里说的，我们伫立于古道，环顾四野，寻出笔直的坦途，便勇敢前行。

25 论雷厉风行

关心则乱、急于求成，这是处理事务时可能出现的最大危险。它就像医生所说的“预消化”或快速消化一样，肯定会让身体充满杂质，埋下难以察觉的疾病隐患。因此，办事快慢不能用所花费的时间来衡量，而是要依据事务的进展程度。正如跑步的速度并不由步幅大小或抬腿高低决定，牵涉各项事务时，速度体现在能否一直紧跟事态发展，而非一口气完成太多事情。

有些人只在乎迅速地完成任务节省时间，或让人感觉已经完成，一副雷厉风行的样子。但化繁为简提高效率是一回事，图省时偷工减料就是另一回事了。那些通过几次讨论或协商就匆忙决定的事，通常会出现各种反复，并不稳定。我认识一位智者，他曾在看到人们匆忙下结论时说过：“多花点时间，也许我们反而能更快完成。”

另一方面，真正的雷厉风行确实非常宝贵。就像金钱是衡量商品价值的标准，时间则是衡量事务成败的尺度。如果办事拖沓，那成事就会付出高昂的代价。斯巴达人和西班牙人都以行事缓慢著称，才有“愿吾之死神从西班牙来”的说法，这样，死亡就不会那么快地降临了。

耐心听取那些了解事务之人的汇报，宁可在他们阐述之前做出指示，也不可在报告过程中打断。因为思路被打断后，人们常常会颠三倒四，如果按照本来节奏可能更清晰流畅，现在却要边说边想，反而啰嗦冗长。不过有时也会有比报告者更令人厌烦的主持人。

不断重复通常会浪费时间，但如果反复强调问题的关键之处却反而能节省时间，因为它能避免各种毫无意义的讨论。冗长而高深莫测的演说，就如同穿了曳地长袍去赛跑一样不合时宜。开场白、过渡段落、客套寒暄和其他各种自说自话完全是浪费时间，它们可能显得谦虚客套，其实不过是矫情而已。但务必注意，如果预知有人会反对你的言论，就不能太过直接，那些已经抱有偏见的头脑总是需要一段铺垫来缓和反对之心，正如要让药膏起效，就得热敷一样。

最重要的是，秩序井然、各司其职、抓住重点这三点是办事雷厉风行的关键所在。职责的分配绝不可含糊不清，因为那些没有被赋予职责的人会冷眼旁观，而那些职责过多的人则焦头烂额。选择最好的时机就是在节省时间，而时机不当的行动只不过是徒劳。凡事都有三个部分：筹备、探讨或是审查、完善。如果你要雷厉风行，只能在探讨阶段让众人参与，而筹备和完善则应交于少数人之手。有个议事提纲会提高办事效率，因为即便被完全否定，也比漫无目的、毫无头绪更有引导意义，正如柴灰比尘埃更有利于万物生长。

26 论小聪明

历来有种说法：法国人实际比外表聪明，而西班牙人外表比实际聪明。且不论民族之间是否有这样的差别，人与人之间的确有不同。正如使徒圣保罗在谈及敬虔时说过的：“有敬虔的外貌，却背了敬虔的实意。”总有些人看着聪明能干，实际却不会做事，或只能做一点，或异常努力地做着琐事。

明察秋毫的人看到这些形式主义者变戏法，肤浅之人也显得有深度、有分量，觉得荒唐至极，真该写进讽刺小说里。有些人高深莫测，好像除非到了紧要关头才肯露一手。他们总不把话说明白，其实是不了解事实但偏要装模作样，好让人以为他们并非不知道，只是不能说。另一些人则把聪明都显示在表情手势上。就像西塞罗形容的皮索那样：当皮索告诉西塞罗自己不赞成残忍之举时，一边眉毛挑到了额头上，另一边眉毛却耷拉到了下巴。还有些人则认为夸大其词和不容分辩的气势便能令他们显得明智，进而以为只要被允许，就能胜任其实无能为力的事。有些人只要碰到不明白的一切便装出不屑一顾的样子，或将它们归类为荒唐怪事去鄙薄，好像这样一来他们就不再无知，而是显得有见识了一样。另有一些人凡事总要发表不同意见，通常还会用狡言诡辞与人争辩，却避开问题的实质。格利乌斯曾描述过这样的人，说他们是“用巧言令色毁掉事物一切实质问题的蠢货”。柏拉图在他的《普罗塔哥拉篇》中也对这种人的代表之一普罗迪科斯加以嘲讽，让他发表了一篇从头到尾满是自相矛盾的演说。一般而言，这种人在商讨任何事情时都会随意反对，并借自己的反对和所谓的先见之明获取名声。因为提案只要被否决便会完结，一旦获得通过就必须要完成新的工作，这种小聪明绝对是祸害。总而言之，即便最失败的商人和破产的富豪为了维护名声使的花招，都比不上这些不学无术之徒为维护自己的能干形象而使的诡诈伎俩。

耍小聪明的人或许会骗得些名声，但千万不能让他们担任要职。宁愿用一个愚笨的人，也不能用一个耍小聪明的人。

27 论友谊

“喜欢孤独者，不是野兽，便是神灵。”在寥寥数语中能将真理和谬误如此合而为一，除了亚里士多德恐怕再也没有其他人。人们心中对社会天生又隐秘的痛恨和反感，大多来源于兽性，但要说这是神的自然属性，那就大错特错了——除非并不是想从孤寂中寻找快感，而是出于对更崇高生活的爱与渴望，就像有些异教徒误打误撞实现过的一样：如来自克里特岛的埃庇米尼得斯、罗马人努马、来自西西里岛的恩培多克勒和来自蒂尔那的阿波罗尼奥斯。而真正实现此种追求的则是古代的隐士和教会中的神父。然而，人们却并未真正理解孤寂的含义，也不清楚它的广度。如果没有爱，熙熙攘攘的人群并非陪伴，众人的面容不过是画像长廊，言语也仅仅是铜钹的叮当之声。有句拉丁谚语还算能体现其中的深意：“一座大城市就是一片大荒原。”在大城市中，朋友们都四散住着，大多形成不了在小镇里的那种密切友谊。但我们不妨说得更深刻一点，毫不怀疑地断言，没有真正的朋友，孤寂便是纯粹而可悲的。没有真正朋友的世界如同荒野，即便是这种意义上的荒野，如果有人天性和感情上不适合交友，那么，也是源自兽性而非人性。

友情的一个主要功效便是，当各种喜怒哀乐郁积于心时，它能让你一抒胸臆，心情舒缓。我们都知道，体内的沉疴和宿疾最易对身体造成巨大伤害，对人的精神也一样。你可以用洋菝葜干根疏肝，铁剂健脾，硫华宣肺，海狸香通脑，但除了真正的朋友，并无良方令你一抒心中的郁结。对挚友，你可以将自己的悲痛、快乐、恐惧、希望、困惑、建议，以及压在心头的一切都宣泄出来，就像世俗的告解一样。

如果知晓了伟大君王何等重视这种友情成果，人们大概会觉得奇怪：他们是如此看重它，以至于很多时候宁愿置自身安危与身份于不顾也要将其追寻。对于君王们而言，权势与下属和奴仆相距太远，后者绝无机会摘取此等果实，除非提拔某些人成为伙伴，使其几乎与自己地位相当，然而这常常会造成诸多不便。现代英语将这样的人称为“亲信”或“心腹”，好像这种身份只与尊荣或密谈有关，而在古罗马语中将他们称为“分忧者”，则体现了它真正的功用和缘由——正因“分忧”才让君臣结下友谊。我们能够清楚地看到，不仅只有软弱无能、多愁善感的君主会这么做，那些拥有雄才伟略和政治权谋的统治者，也时常会与臣子下人交好，互称友人，也允许他人在私下场合称之为“帝王之友”。

当苏拉统治罗马时，他就将庞培——后来还赐其“伟人”封号 —— 提拔到了高位，以至于庞培竟自夸要更胜于苏拉。当他违反苏拉的意愿帮助一个朋友当上了执政官后，苏拉稍微显示出一些不满，并开始以统治者的身份教训他时，庞培竟再次违抗他，甚至叫他闭嘴，因为“人们更愿意崇拜朝阳而非落日”。

在恺撒大帝任内，获得这一身份的则是德基摩斯·布鲁图，恺撒甚至在遗嘱中让他成为继自己外甥之后的第二顺位继承人。正是这个人，对恺撒的影响大到甚至亲手将他拖入了死亡。因为顾及一些凶兆，特别是妻子卡尔普尼亚的噩梦，恺撒本打算取消元老会议的，正是这个人温柔地挽着他的胳膊将他从座椅中拉起，说自己希望他不要取消元老会，直到卡尔普尼亚做个好梦之后再说。恺撒对他的宠信看起来如此之深，以至于安东尼在信中（西塞罗的《斥安东尼篇》一字不落地引用了这封信）将布鲁图称为巫师，就好像他给恺撒下了咒一样。

奥古斯都也曾提拔出身卑微的阿格里帕到高位。他就女儿尤丽娅的婚事咨询梅塞纳斯时，后者直言，既然已让阿格里帕身居如此高位，便要么将自己的女儿嫁给阿格里帕，要么就只能杀了他，没有第三条路可走。

提比略·恺撒任内，塞雅努斯也曾爬到此等高位，当时，别人都已经将他们俩视作一对朋友了。在一封提比略给塞雅努斯的信中也写道：“正因我们的友谊需要坦诚，这些事情我都对你毫无隐瞒。”整个元老院决定修建一座友谊的圣堂，就像为女神建立的那样，来表达对他们俩亲密无间之友情的尊崇。

与之类似或更甚的是塞维鲁与普劳迪亚努斯之间的友情，塞维鲁甚至逼迫自己的长子迎娶了普劳迪亚努斯的女儿，并总是在普劳迪亚努斯侮辱自己儿子时维护好友，甚至在一封写给元老院的信中做出如下表述：“我爱此人至深至诚，宁愿其寿高于吾。”

如果上面这些国君都是像图拉真或马可·奥勒留那样的君主，人们可能会认为这些都出自过于善良的天性，但他们确实是智慧无俦、骁勇无边、行事苛刻并极度自爱的皇帝。因此，以上种种能够清楚证明，即便是凡人中最伟大者，也仍觉得一己之幸福有所欠缺，只有拥有益友才可能使之完整。更重要的是，这些国君都有妻子、儿女、侄甥，但所有这些人却都无法给予他们友情的慰藉。

不应遗忘的是康明对他第一位主人勃艮第公爵查理的观察心得：查理绝不会向任何人吐露自己的秘密，特别是那些最令他心神不宁的秘密。康明甚至继而认为，查理晚年时，正是因为这种守口如瓶才损害甚至削弱了他的理解力。当然了，康明如果愿意，大概也可以用同样的话评价他的第二位主人路易十一，他的讳莫如深的确变成了对自己的折磨。毕达哥拉斯那句箴言虽暗黑，却的确是真理：切勿噬心。如果要直截了当地说明这句话的意思，那就是，那些没有朋友可敞开心扉的人，就相当于是在吞噬自己的内心。有件事是最值得尊崇的（在此，我将总结友情的第一种果实），那就是与朋友交心会有两种迥异的效果，它既能让快乐翻倍，也能令悲痛减半。因为只要与朋友分享你的快乐，就会让你更加快乐；而当你将悲痛与朋友分担，你的悲痛便会减轻了。如此一来，友情对人心所起到的真正作用，就正如炼金术师们的治疗石对人体所起的作用一样，会有各种不同方面的效果，却都是性质良好而有益的。但即便没有炼金术师们的祷告，在自然的天道运行中也有类似的情况。因为不论是何种物体，只要凝聚在一起，就能增强并保存天然的功效，与此同时又能削弱任何外力的效果，人心更是如此。

正像友情的第一种成果对人情绪之健康大有裨益一样，友情的第二种成果则能保证人类理智的康健和独立主宰性。因为友谊的确能将感情的风暴变为和煦暖阳，也能将理智从思维的蒙昧黑夜变为敞亮白昼。不能仅将这一成果理解为从朋友处得来值得信赖的建议，因为在听取建议之前，不论谁，只要心中有万千思绪，他的智慧和理性就能在与他人的交流和讨论中变得更加澄明通透。他能更轻松地权衡自己的思绪，将它们规整得更有条理。他会清楚看到思绪如何变为语言，最终，他的思绪比之前变得明智得多，这样，一天的苦思冥想也比不过一小时的探讨交锋。特米斯托克利对波斯王讲的那段话极好：演说正如挂毯，展开来铺陈开，想象就会变成真切的图画，在思绪中它们却只能堆积。友情的第二类果实也一样，在开启理智时，也不仅限于那些能够提供忠言的朋友（但他们的确是最好的选择），即便不然，人们也能在敞开心扉的过程中更了解自己，将自己的思想暴露于白昼，就像在磨刀石上磨砺刀刃一样磨砺自己的智慧，且无须担心有任何磨损。总而言之，人即便向雕塑或图画吐露心思，也好过让它们闷死在自己胸中。

现在，为了完整说明友情的第二种果实，我们要来讨论另一个虽然更清晰明了却往往流于俗见的问题，那就是来自朋友的忠言。赫拉克利特在他那些晦涩名言中有一句说得好："不受任何遮蔽的光芒最为明智。"显然的确如此，从朋友处得来的建议要比自己的理智和判断所得出的更清朗透彻，因为自己的理智和判断力总会被自身的偏好和习惯所遮蔽。因此，益友的建议和自己的结论常常会有很大差别，正如朋友的忠言与谄媚的奉承相去甚远一样，因为最受用的奉承来自人的自以为是，没有任何一种良方比益友的直言不讳更能治愈它。有两种不同的忠告：第一种关注的是德行，第二种关注的是事业。就第一种而言，最能确保你头脑健康的便是诤友的逆耳忠言。进行严格的自省的确是良药，但有时过于尖刻反而会腐蚀人的志向，读一本德行之书却又太平淡无趣，以他人为鉴照出自己的失误，在有些情况下又不太恰当。因此，最好的解决之道（我说的最好是指最有效、最能付诸实践的方法）就是朋友的逆耳忠言。看哪，这是多么奇怪啊，那么多人（特别是伟人们）就因为缺乏挚友的诤言，便犯下如此可怕的谬误，做出各种荒唐之事，令他们的声望和财富都遭受重击。便如圣雅各所说，他们就像是有时虽然自省但一秒之后就立刻忘记自己模样的家伙。就对事业的忠告而言，有人可能会想，如果真要说，那么两双眼睛所见也并不超过一双眼睛，或身在局中的人总比旁观者更清楚事态，又或者怒发冲冠之人与默念字母强抑怒火的人同样明智，或者步枪举在手上和搁在支架上准头都一样——通过类似的各种傲慢想象，将自己看作是一切的解决之道。然而归根结底，只有朋友的好建议才能帮助他的事业重回正轨。如果有人以为自己接受建议只需分散开来，一件事情听取这个人的建议，另一件事则咨询另一个人，这的确未尝不可（我要说的是，也许这样比完全不咨询他人要好）。但他会面临两种危险：第一，他可能得不到诚挚的建议，因为除了完美而忠心耿耿的朋友，极少有人能够免费送出建议，却完全不考虑一己之私的。另一种是，他可能获得建议（虽出于好心），却于己有害，并不靠谱。这样，建议既是良方，又会有所祸害。就像求医问诊，医生开了药方来治疗你目前的病症，但因为不了解你的身体情况，虽然这种病治好了，却在某些别的方面损害了你的健康，这就是所谓治了病却杀了病人的情形。一位真正熟悉你财务状况的朋友就会意识到，在提供建议帮助你发展当下的事业时，该如何不致引来其他的麻烦。因此，不要指望那些分散到不同人的建议，它们肯定只会让你分心，误导你，而不会指引你稳住大局。

除了以上两种高贵的友情之果实（情绪的安宁和判断力的支撑）之外，接下来是最后一种果实——它就如同石榴，内里多籽——我所指的是能够在所有行为和场合中提供帮助和支持。要了解友情的多重功效，最好的方式就是去看一看，人仅靠自己不能完成的事情有多少。以此便能得知“朋友就是另一个自己”的古语说得是如何慎重了，因为拥有一位挚友远不止是多了个自己而已。人的生命有限，多少人大限来临之时，还在担忧着某些始终惦记的事情，如子女的安置、未竟的事业等等。如果他有个真正的良友，便几乎可以安心撒手，因为这些关切之事一定有人会在他身后继续操持。这样一来，他的所忧所虑便获得了另一个生命的关照。人的肉体总会被地域所限，但只要有友情存在，远方的朋友便是他的代理人，办事就不会受到地域局限了，因为他可以通过朋友来完成。人生有多少事情是人们没法拉下脸面去说或做的？人不能既谦逊又肯定自己的功绩，更不用说自我颂扬了。有时人也不能折腰去恳求乞怜。所有这一切若自己开口会羞愧难当，但出自朋友之口便优雅得体了。另外，人们有各种社会关系不可不予理会，比如他只能以父亲的身份与儿子谈话，对待妻子则只能以丈夫的身份，对敌人就更需要谨言慎行了，而此时，朋友就能就事论事，无须考虑身份问题。要一一枚举这些情况将会无休无止，因此我已提供了规则：如果某人不能恰如其分地扮演自己的角色，又没有一位良友，那他不如从舞台上退出的好。

28 论开销

钱是用来花的，钱要花在荣誉和善行上。巨大的开销视不同情况而定，主动为国家与为天国一样地慷慨解囊是善行。而日常开销则应该量力而行，财务管理一定要亲力亲为，绝不能任由仆佣欺瞒或滥用，最佳状态就是体面但实际花费并不大。

毫无疑问，如果你想让自己收支平衡，日常开支就只能占收入的一半；而如果你想累积财富，那开支就只能占到三分之一。屈尊去了解自己的财政状况，即便对于伟人们来说也不会有失身份。那些不肯这么做的人不只是因为疏忽，而是逃避破产带来的烦恼。但正如找到伤口才能痊愈，如果你完全不了解自己的财政状况，就要谨慎雇佣管理者，还需经常更换雇员，因为新雇员总是胆子比较小，没那么多计谋。

那些鲜有机会了解自己财政状况的人，就更有必要将一切都了解得清清楚楚。如果你在某个方面花销很多，那就得在另一方面尽量节省。比如，一旦饮食上奢靡，就该在服饰上节约些；花了很多钱在自己的楼堂中，就需要在马厩上省一些，诸如此类。如果各个方面都极尽奢侈，那就难逃破产一劫。

如果要偿还债务清理家产，急于脱手和拖得太久都容易伤害到自己的利益，匆忙出手的损失与累积的利息差别不大。再说了，一口气变卖许多家产的人容易重蹈覆辙，因为当他发现自己走出困境之后，很容易重新回到以前大手大脚的老路上，而逐步清偿债务则有利于养成节省的习惯，这样，不论是他的财产还是思维都会从中获益。

毫无疑问，需要重振家族的人万不可忽视从小处节约的行为，通常来说，锱铢必较也比为蝇头小利屈尊要高尚得多。那些一旦开始就会持续下去的开销需慎之又慎，但对那些一次性投入则应该慷慨大方些。

29 论帝国与领地之真正伟业

在雅典人特米斯托克利的演说中，他因为太过于自吹自擂而显得不可一世、傲慢自大，尽管如此，这篇演说仍旧充满庄重而明智的洞见和批判，能广泛用在他人身上。在一场宴会上，有人想要请他表演鲁特琴，他说，自己不懂如何拨弄琴弦，却能令一座小镇变为雄伟城池。这些言论稍加借喻便能说明主宰国事之人须具备的两种不同能力。如果真要调查一下诸位议员和政客，虽然很稀有，但你有可能会找到，那些能让小城邦变得强大，却不擅挑拨之人；而另一方面，却能找到许多懂得如何狡黠搬弄之人，他们完全不懂得如何让小城邦强盛起来，因为他们的天赋不在于此，而在于将伟大富足的国家变为腐朽之地。毋庸置疑，即使许多国之重臣借这些堕落的奇技淫巧赢得了国君的赞赏，也获得了平民的赞誉，他们也只配得上弄臣之名。因为他们的本事只不过能讨得一时之欢，让他们自觉雅致，却并不关注他们所服务的城邦是否繁荣昌盛。毫无疑问，有些封疆大吏的确称得上称职，能够处理事务，使其不会陷入绝境或显出各种不利来，尽管如此，与增强一国之国力、资产和财富的能力却仍然无法相提并论。暂且不论这些完成工作之人如何，我们来谈谈此项事业——帝国庄园的真正宏伟及其实现途径。这一论题最适合伟大明君们时时探讨，让他们既不会过于高估一己之力，从而令自己陷入徒劳的追逐之中；也不会因为低估自己而屈从疑惧重重、怯懦无比的建议。

领地的面积和范围是否宏阔的确该由测量来决定，而财政和税收的富足程度也应由计算得出。人口会显示在户籍册上，而城镇的数量和规模则能从地图集中体会。然而，在诸多民事事务中，如何正确计算和准确判断一个领地的实力与战力，则是最容易犯错的事务。天国并没有被比作任何丰硕的果实或种子，而是被比作一个小小的芥子：它是最小的一类谷物，却拥有能迅速成长扩散的属性和精神。因此，有些国家虽然疆土辽阔，却并不适宜再扩张或进行统治；倒是那些疆域不大的国家，却拥有深厚的根基能变为伟大的帝国。

如果民众没有骁勇善战的气质和天性，那么，再高再厚的城墙，再多的军火库和武器库，再迅捷的骏马，再多的战车、战象、军需品和炮兵部队等等，都只不过是披着狮子皮的羊而已。当人们缺乏勇气时，战士的人数本身并不重要，因为正如维吉尔所说，狼从不顾虑羊的多寡。在埃尔比勒平原上的波斯大军如同一片士兵的海洋，甚至连亚历山大部队中的指挥官们都为之震撼，并因此去找大帝，希望他能派他们在夜间偷袭，亚历山大却回答，他绝不会窃取胜利。如此他们便轻易战胜了波斯大军。亚美尼亚的提格拉尼国王率领四十万大军驻扎在山头上，发现了罗马人不足一万四千人的军队正朝他们奔袭而来时，他为此欢欣不已，并说这队人马当外交使节有点太多，打起仗来又太少了。然而，夕阳还未西下，他却发现自己的人员已被罗马人无尽地追杀屠戮了。许多例子都证明了人数和勇气不一定成正比，因此，人们可以真正做出判断的是，要成就一国之伟业，最重要的一点就是要拥有一队骁勇的军人。金钱也并非如世人庸俗的言论所说是战争的关键，因为若是卑微弱小的民众连双臂都举不起来，金钱又有何用？索伦对正炫耀着自己有万两黄金的克罗瑟斯所说的极妙："陛下，任何人若带着比您更坚固的铁骑而来，他就会变成所有这些金子的主人。"因此，一方面，任何国君和政府都应该清醒地意识到己国之实力，除非他的军队由骁勇善战、果敢无畏的战士们组成；另一方面，国王们如果已经拥有了崇尚武力的臣民，也要十分清楚自己的实力，除非他们还有别的考量。至于雇佣军（在此种情况下只是帮手），所有的先例都说明，不论领地或君主是如何仰仗他们，他们可能会安于现状一段时间，却过不了多久就会反噬一口。

犹大和以萨伽的天命永远也不可能重合，同样，同一群人民或同一个国家绝不可能既是狮王的幼崽又是负重的驴子。税负沉重的民众更不可能变成骁勇尚武之人。的确，经过整个领地一致同意的税赋，对民众勇气的削弱程度更轻，值得注意的是，这一方法已经被用于荷兰诸地，在某种程度上，也反映在英格兰的王室特别税上。读者一定要注意到，现在我们所讨论的是民心而非钱包，因此虽然缴纳的是同样的税赋，无论是取得了一致同意还是强迫征收的，都能将君主的钱包塞满，但对民众的勇气而言，效果却大相径庭。因此，你就能自己下结论了：赋税过重的人民绝不适合帝国崛起之路。

国家若想成就伟业，就要注意本国的贵族士绅数量是否增长得过快，因为那会导致平民们只能沦为雇农和低贱的乡野匹夫，丧魂失魄，实际上只能成为士绅的苦力。就像你在小树林里看到的，若任由树苗长得太粗壮，就不可能拥有整洁的草丛，只能得到横生的灌木。在国家中也一样，若士绅阶层人数过多，平民阶层就会变得粗俗，要真的变成这样，一百人里恐怕也将不会有一人适合戴上头盔作战，更不用说成为步兵了，而他们如同军队的神经一样重要。这样，你虽然拥有众多人口却实力孱弱。此论点最好的明证就是对比英格兰和法兰西，英格兰在领土和人口上都少得多，尽管如此，实力却总能与法国相匹敌，正因为英国的中层民众都能成为优秀的士兵，而法国的农民们则不可能。本国亨利七世国王在他的那本传记中曾详细提到过的方法深谋远虑而令人尊崇，他为农庄和牧场设定了标准，也就是让农民和牧民们保留一定比例的土地，让他们能过上比较富足的生活，不至于堕入低三下四乞怜的境地；另外，也让农场主们从事耕作，而非只懂得使用雇农劳作。这样一来，英国就能达到维吉尔所描述的古代意大利的状态：“一片雄健有力、物产丰饶的国土。”

我们也绝对不能忽视这样的一群人（就我所知，几乎只有英格兰才有，其他地方几乎都没见过，除了在波兰也许也存在），即照料贵族和士绅们饮食起居的自由民仆役和侍从。他们绝对不会逊色于旧时的义勇军农夫。因此，毋庸置疑的是，贵族和士绅们喜好阔气排场、浩浩荡荡的随从和热情好客的特点成为本国习俗后，也正有助于军力的强盛。与之相反，贵族士绅若是遵循避世、保守的生活方式，则会让一国军力匮乏。

无论如何，都要确保尼布甲尼撒梦中的那棵帝国之树粗壮健康，以承受所有的枝叶。这句话的意思是相较于国王治下的异族民众，帝国的原住居民一定要达到足够的数量。因此，所有那些支持让外族归化的国家都适合成为帝国。想象一下，一个小小民族即便十分勇猛，能征服全世界，并拥有极其广阔的疆域，这种状态可能维持一段时间，但一定会骤然崩溃。斯巴达人就并不强求异族的归化，这样，当他们固守国土时，他们的防御固若金汤；但一旦他们开始扩张，散开的枝叶对于他们的根基而言过于强壮，倏然间就随风四散飘落了。到目前为止，还没有哪个城邦曾经像罗马人那样对异邦人敞开怀抱，正因如此，这一策略也极大地帮助了他们，让他们最终成长为最伟大的帝国。他们的做法是准许外邦人归化为罗马人，并授予充分而完整的公民权，也就是说，不仅仅有商业贸易的权利、通婚的权利、继承权，还包括选举权和获得公职的权利。他们不仅将归化公民权授予个人，还同样授予整个家庭、城邦，有时甚至是整个民族。这种做法，再加上他们热衷于开拓殖民地的习俗，让罗马的种子播撒到了其他民族的土壤中。当两族融合到一起之后，你甚至会说，并不是罗马人扩张到了全世界，而是全世界扩展到了罗马人身上。这绝对是实现伟业的可行之方。笔者时常会为西班牙而惊异：他们到底是如何靠着人数甚少的西班牙原住民就能掌握控制如此大片的疆土？不过当然了，西班牙本土的确是根基深厚的树干，比刚开始的罗马和斯巴达都更甚。再说了，虽然他们并未像罗马那样广泛运用归化政策，但却采取了第二妙的方式，那就是在征召普通士兵时几乎毫不在乎对方的国籍民族，有时候甚至连他们的最高统帅都是异邦人。不过眼下，就刚刚颁布的“优待已婚人士，对有六个孩子的家庭施行更多豁免政策”的新法令来看，似乎他们已经意识到了对本土原住民的需求。

毫无疑问，需久坐的室内技艺和精致的产品（需要的是灵巧的手指而非强壮的臂膀），天然就与军人的性情大相径庭。一般来说，所有尚武之人都会有些游手好闲，更热爱危险而不喜欢艰辛劳作。如果要保持他们的战斗力，也不可过分改变这一习惯。因此古代城邦如斯巴达、雅典、罗马等等都有一大优势，那就是他们有奴隶来进行这样的劳作。然而，在很大程度上，基督教律法废除了这种制度。因此，现在最类似的解决方式就是，将这些技艺交付给异邦人（基于这样的目的，做工匠艺人将会更容易成为一国国民），并让本邦大部分平民若不做职业军人，便主要从事以下三种职业：耕作的农夫；自由民仆役；需要体力、富有男子气概的手工业者，如铁匠、木匠等等。

但最重要的是，一个帝国若想成就伟业，就一定要将做军人宣扬为他们最显赫的荣耀、最高的目标和最高尚的职业。因为前文所述的都是士兵的资质，但没有意愿和行为，资质又有何用？罗穆卢斯在升天之后（不论此事是真实记录还是伪造），送了罗马人一份礼物，那就是无论如何他们都应该拥有十支军队，这样就能证明自己是世界上最伟大的帝国。斯巴达这个城邦的结构是完全（虽然不一定明智）按照这一想法和目的来建构的。波斯人和马其顿人也曾在短时期内取得成功。高卢人、德国人、哥特人、撒克逊人、诺曼人等，也都成为一时的伟大帝国。土耳其人即便到今天也还拥有此等帝国，不过在显著衰退中。对于信奉基督教的欧洲，事实上只有西班牙人实现了这一点。不过每个人都能从他最投入的事情中获利，这一点是不言自明的，此处无须再谈，只要指出以下这一点就够了：任何国家如若不公开宣扬武力之重要性，要想实现大业便像是张嘴等天上掉馅饼。另一方面，那些能够长期崇尚武力的城邦（如罗马人和土耳其人都对此有原则性的坚持）的确能创造奇迹，这是时间赐予的一条最确切的神谕。即便是那些只在一段时间内做到这一点的国家，也通常能在彼时成就伟业，即便在他们的军队和尚武传统逐渐式微之后，仍能以此获得长久的余荫。

由这一点加以延伸，政府还应有些法律或习俗让他们可以找到开战的正当理由（虽然“正当性”可能只是假的）。因为人们天性就会有对正义的追求，他们不会轻易参战（因为战争总会带来各类灾难祸端），除非至少有一些也许似是而非的缘由或争端。土耳其人就随时都有开战的理由，如传播土耳其的律法和宗派，他们总能随时利用此类争端。罗马人虽然将为帝国开疆拓土作为将军们的崇高荣耀，但却从不会仅仅因为争取这一荣耀而发起战争。因此，第一，想要成就伟业的国家必须要有这种策略，即对外国的各类错误行为——不论是边界争端、商业矛盾还是政治使节的失误——都要十分敏感，且面对挑衅时反应时间一定不能过长。第二，各国还要时刻准备好为盟国提供援助，罗马人便是这么做的，即使盟友在被侵略时获得了其他城邦的驰援，也总会争分夺秒要成为最早去援助的军队，绝不允许其他城邦获得此等荣耀。至于那些因为某一党派的利益或某国所应拥有的政体而起的战争，笔者看不出有何种理由能让其获得正当性：如罗马人为了希腊人的自由发动的战争，或斯巴达人和雅典人为建立民主政体、寡头政治或为推翻这些政体所发动的战争，以及外国人假借正义或保护之名，发动战争以解救一国国民于暴政和压迫等等。然而，我想这样说就足够了：如果一国不能借可发动正义战争的时机起兵，便不能指望它能成就伟业。

没有人能不加锻炼就保持健康，这一点对自然生物和政治体都适用，当然对帝国或政府也一样，正义而崇高的战争就是真正的锻炼。国内战争的确就像是发烧的热度，而对外战争则像是锻炼之后的身体燃烧，它所起的作用就是让机体保持健康。在怠惰的和平状态中，勇气会退化为娇气，礼仪日益崩坏，不论它是在多大程度上为了追求幸福。毋庸置疑，一国成就伟业的最重要途径依赖于其武装，拥有经验丰富士兵的军事力量（虽然维持它需要赋税支持）随时待命，能对邻国发号施令，或至少有此等名声。当今实践这一做法的是西班牙，他们已经坚持大约一百二十年，长期保持在各地有驻军。

成为海上霸主是帝国的象征。西塞罗在写给阿提库斯的信中描述庞培对付恺撒的准备时说道："庞培使用的是特米斯托克利的策略，认为谁统治了海洋就能一统天下。"毫无疑问的是，如果庞培没有因为过分自信而放弃这一策略，他本来就能将恺撒拖垮了。我们也见识过海战的巨大威力，亚克兴之战决定了罗马帝国的真正归属，而勒班托海战则阻断了土耳其帝国的称霸伟业。由海战最终决定战争结果的例子不胜枚举，但这是在国君或政府决定孤注一掷将一切都押到海战上才实现的。不论如何，有一点能确定的是，能够在海上称霸的国家拥有极大的自由，可决定自身参战的规模大小；而另一些国家尽管陆战能力很强，却仍然时常会陷入窘迫境地中。当然，时至今日，我们这些欧洲国家的海上军力（也是大不列颠帝国最主要的优势之一）十分强大，既是因为欧洲大部分国家除了内陆疆土，亦有很多领地临海，也是因为东西印度的所有财富看起来在很大程度上是统领大海之后便能获得的附加好处。

到了近现代，战争似乎变成了黑暗中的产物，与古代那种将战争所取得的荣耀和尊贵加诸凡人之上的情况截然相反。

而现在，崇尚武力的风俗留下的只有某种程度的骑士精神，但就连这种精神也不加区分地用来形容军人和普通人，也许还用于纪念册或伤残军人医院之类的。但在古代，在获胜的战场上高高堆起的战利品，为战死疆场者而作的葬礼颂词、树立的纪念碑，个人获得的桂冠和花环，为统帅的胜利而欢呼的词汇——这为后世的帝王所借用，为将军们凯旋而召开的凯旋典礼，部队解散时的众多赏赐，这一切都能点燃所有人的勇气之火。但最重要的是罗马人的凯旋典礼，它绝不仅仅是一场浮夸的盛会，而是史上仅有的最明智、最高贵的制度之一，因为它包含了三层内容：赐予将领荣誉，用战利品塞满国库，并赏赐全军。但也许这种荣誉的奖赏不适用于君主专制的体制，除非奖赏的是君主本人或他的儿子们；正如在罗马诸皇帝的时代，它逐渐地演变为不恰当地将战利品全都给予皇帝们，满足他们的自私，就好像这些胜仗都是他们亲自披挂上阵的战果一样，却让真正赢得战争的主角——将领们只得到一些战胜者的服饰和旌旗。

由此可知：正如《圣经》所说，没人能够靠着操心着急而让自己的身高再长一寸，但在帝国和公众福祉的宏伟框架之下，为他们的帝国增强影响力和创造伟业，这些都是国君和政府的职责，因为只有通过他们引入我们上面所讨论的法令、宪章和习俗，他们才可能播下伟大帝国的种子，带领国家走向繁荣。可惜这些要务却通常被人忽略，只能放任自流。

30 论养生之道

养生之道中有一种智慧超越了医术：靠自己的观察，分析什么有益健康，什么伤害身体。这才是真正的养生之道。更谨慎一点的说法是，这个不适合我，因此放弃吧，而不要认为“我没发现有什么坏处，继续这样吧”。要知道年轻力壮自然能让你安然度过放纵时光，但老来定会让你偿还。岁月不饶人，绝不能像年轻时一样行事。在饮食中万万注意，不要突然做出改变，如果这种改变是出于必要，那就要将所有饮食习惯都随之调整，因为不论自然界还是政府都适合这个秘诀：同时改变许多事比只做出一点改变更安全。

仔细研究你的饮食、睡眠、锻炼和穿着等习惯，一旦判断对健康有害，就试着一点一点戒除。即便如此，如果你发现这种改变也不适合，那就重回原路，因为很难分辨那些公认对身体有益的事情，对你而言是否有好处。

在吃饭、睡觉、运动时心无杂念，保持心情愉悦，这就是长寿最重要的秘诀之一。至于思想和情感，要避免嫉妒、焦虑、担忧、压抑于心的愤怒、复杂纠结的责难、欣喜若狂、黯然神伤。要充满希望，欢乐而非狂喜；享受各种乐趣，但不可纵欲；充满惊奇和仰慕，从而获得新奇感；研究那些能让头脑充满壮丽、卓越内容的学问，如历史、寓言以及对自然的沉思。

如果你从来不借助于医药保健，那么当你真正需要它时，身体便会因陌生而不适应；但如果你总是依赖这一手段，当重病缠身时，它的效果就不会那么显著。我的建议是根据不同时节来调整自己的饮食，而不要太频繁用药，除非吃药已经成了习惯。因为调整饮食习惯更能改善你的身体状况，不利影响也更少。

感觉身体异常时千万不可掉以轻心，要及时问诊。生病时注重调养，而身体健康时则要注重锻炼。那些在健康时注意锻炼身体的人，一旦稍感不适，调整饮食、稍加休养便可痊愈。

塞尔苏斯如果不是哲人，单凭医生的身份是断不会这么说的。他给了我们关于养生和长寿最伟大的一个洞见，那就是人的确应该多尝试各种截然不同的生活方式，但要倾向于那些较为温和的：有时禁食，有时饱食，但多饱食；时而熬夜，时而充足睡眠，但多眠；有时坐着，有时运动，但多运动；诸如此类。这样既能尊重自然生理需求，又能学会控制自己的身体。

医生们有时太在意病人的心情，并不逼迫他们接受最佳疗法。而有些医生只顾照本宣科，教条地治疗疾病，不能因时制宜。选一位介于两者之间的医生，如果找不到，那就请两位风格不同的。另外，千万别忘了，不仅要找知名的，更要找最熟悉你身体情况的医生。

31 论疑心

疑心正如蝙蝠，只会在日夜交替时盘桓不去。毫无疑问，人们应该压抑心中的疑虑，至少应该对其多加提防，因为它们会让你的思绪迷雾重重，失去朋友，阻碍事业。怀疑导致在事业上瞻前顾后、停滞不前。疑心病重令国王变为暴君，丈夫们陷入妒火，智者也变得犹疑不决、忧虑重重。

疑心并非心理缺陷，而是脑疾，连最勇敢的人也避免不了，比如英格兰的亨利七世，天下没有比他更勇敢的，也没有比他疑心更重的人，不过在这种个性的人身上，疑虑的伤害程度较小。一旦产生疑虑，他们并不会全盘接受，而是仔细考察，看看这种怀疑是否有足够理由。但对胆小之人而言，疑虑占据脑海的速度就太快了。

人们所知越少，疑虑就会越重。若产生了怀疑，绝不应该默默压抑它，而要通过了解更多情况来缓解它。人们会怎么想？他们真以为自己雇佣、打交道的都是圣人吗？他们难道不应该认为对方也自有打算，更忠实于自己而非他人吗？

因此，调节自身疑虑最好的方式就是既将它当成真事来对待，又将它当成假象来克制。一个人需要利用怀疑，就当作他所怀疑之事是真的，但它不可能对他有任何伤害。从自己头脑中产生的怀疑只是嗡嗡作响的杂音，但那些有人特意编造、通过流言蜚语进入你脑海的怀疑则会蜇伤你。毋庸置疑，从疑虑丛林中清出一条路的最好方式，就是与你怀疑的对象坦诚相待。只有这样，你才能了解更多的真相，同时又能让对方更加谨慎小心，以防被更多人怀疑。但这种做法对卑鄙小人则完全不起作用，因为他们一旦发现自己遭人怀疑，便绝不可能再说真话了。意大利人曾说，“疑心能解除忠诚的责任”，这就是说，怀疑给了人背信弃义的通行证，但人们更应该烧掉它，以示自己的清白。

32 论辞令

有些人更希望自己的言谈得到“风趣机智”的赞誉，希望所有论点都能自圆其说，却不在意是否真正有判断力、能否明辨真伪，仿佛只知道该说什么而不知道该如何思考是件值得赞赏的事似的。另一些人则擅长老生常谈、老调新弹，然而其言论往往因思想贫乏显得单调冗长，一旦被人察觉便会更显荒唐。

谈话中最难能可贵的就是由眼前情景切入提出话题、转移话题，这样，讲演者便成为了主导。在论述和对话式的讲演中，将时事与论点结合，故事与推理相杂，有时提出问题，有时陈述观点，俏皮话与认真讨论皆备，包含了多样性才能令其出色——平铺直叙只会令人觉得枯燥乏味，就像我们现在喜欢说的“越讲越没意思”。至于调侃之辞，有些话题绝不应该成为调侃的对象，包括宗教、国家大事、伟人、任何人的当下要务，以及所有值得同情的状况。然而，仍有些人以为如果言辞不辛辣刻薄，他们的风趣机智就会陷入沉睡。这是一种务必加以约束的趋势：

“年轻人，别甩鞭子，要多拉缰绳啊。”

通常而言，人们应该能够分辨风趣和毒舌的不同之处。毫无疑问，爱讽刺挖苦的人虽会令他人忌惮，却也该担心对方是否会心存芥蒂。

多提问就能学到各类知识，但也应顾及对方，特别是当问及对方所擅长的领域时，被问者就会乐于解答，如此，提问者便能继续积累知识了。提问切不可太难，此类问题只适合由考官来问。确保其他人也有回答机会，若遇到滔滔不绝占据所有发言机会的人，提问者便须想办法让他下场，换其他人来讲，就像加利亚德舞跳得太痴迷时，乐师们换曲目给他人下舞池的机会那样。

如果别人发现你对于懂得的事情假装不懂，当你真不懂的时候，别人也会以为你是懂的，只是不肯多说而已。

千万不要经常提及自身，如果一定要提，则必须谨慎选择言辞。我曾听某人不无嘲讽地说过：“他还真当自己是个聪明人啊，要不怎么老自卖自夸呢。”只有在一种情况下，可以不失风度地褒扬自己，那就是褒扬别人的德行时，特别是如果这样的德行说话者本身也拥有。不可轻易在言辞中针对某个人，因为辞令应该是片广阔的田野，不会最终指向任何个人。我认识英格兰西部的两位贵族，一位出名地牙尖齿利，却又总喜欢在家中大宴宾客；另一位则总会问那些参加宴会的宾客：“老实说，席间他就从没刻薄过一回吗？”宾客便会回答，席间发生了这样那样的事情。这位爵爷便会评价：“我就知道他会毁掉一场好宴席。”

谨言慎行胜过雄辩，能让听者产生共鸣比辞藻华丽、条理清晰更重要。若能滔滔不绝却不能机智答问，会让演讲者显得迟钝；回答时才思敏捷却不擅于侃侃而谈，则会显得浅薄而站不住脚。这正像我们在动物界所见，那些不善于奔跑的动物在辗转腾挪时却最为灵活，正如猎犬与野兔一样。在论及核心问题之前铺垫过多会让听者无趣，但毫无铺垫又会太过生硬。

33 论殖民地

殖民地是最古老且原始的英勇者的丰碑。这个世界年轻时曾生出更多子女，现在，当它老去，所生育的子女也逐渐减少，因此我便可正当地将新殖民地看作旧日帝国的子女。

我更倾向于将殖民地建立在人迹未至的处女地上，也就是说，在这里，不会有原住民因需让位于殖民者而被驱逐，如若不然，那便是灭族而非殖民了。

建立殖民地与植树造林一样，你需做好二十年内不盈利的准备，并在最后才能得到回报。导致大部分殖民地被毁的最主要原因，便是在第一年急功近利地想要盈利。当然，对于迅速盈利的方式也不可一概摒弃，只要它对殖民地有好处，但也仅限于此。

将恶棍渣滓、罪行累累的邪恶之徒送往殖民地的行为会令一国蒙羞，也得不到天父的赐福。不仅如此，他们还会毁掉整个殖民地，因为他们永远都只会过恶棍的生活，不事生产、无比懒惰、坏事做尽、耗光储备，然后迅速便丧失对殖民地的兴趣，还传话回本国败坏殖民地的名声。当你设殖民地时，去殖民地的人应该是园丁、耕作者、工人、铁匠、木匠、细木工人、渔民、猎人，再加上少量药剂师、外科医生、厨师和面包师。到达殖民地后，首先需考虑的是此地本来就有的特产有哪些——如板栗、核桃、菠萝、橄榄、海枣、李子、樱桃和野生蜂蜜等等，并加以利用。然后再考虑有何种物产或食物能迅速成长，并在一年内便可收获，如欧洲萝卜、胡萝卜、芜菁、洋葱、小萝卜、洋蓟、玉米等等。小麦、大麦和燕麦这样的作物需要耗费过多劳力，但你可以从豌豆和大豆开始种，不仅无须太多劳力，还能代替肉类或面包来食用。如果此类食物能够获得大量收成，便能够成为主食中的一种。然而最重要的是，一定要在一开始就携带足够的饼干、燕麦片、面粉、玉米粉之类并储藏起来，确保在用地里的收获做面包之前拥有充足的食物。至于家畜家禽，主要带上那些最不容易染病并能迅速繁殖的物种，如猪、山羊、雄鸡、雌鸡、火鸡、鹅和家鸽等等。殖民地物产的使用应该与城镇被围困时的方式几乎一样，实行某种配给制。大部分土地都用来种植，收获的一切都作为公共库存，需全部上缴、储存起来，然后按比例分配给民众，再加上各种零星土地供所有居民为自家用度而种植。

同样需要考虑的是殖民地的自然资源，盛产何种经济作物，以期它们有助于减轻殖民地的压力，但同时又不可如前所述般急功近利，重蹈弗吉尼亚烟草种植的覆辙。通常殖民地都有充足的森林资源，木材适合作为经济作物；如果还有铁矿和能够在其旁修建作坊的溪流，炼铁也不失为茂盛森林中的合适物产；如果气候适合，便可生产海盐并大加利用。同样地，如有条件，种植纤维作物也可立见成效；如若有茂盛的冷杉和松树林，便一定不会匮乏柏油和焦油；只要有药材和月桂，便一定会获得丰厚的受益；做肥皂的木灰和其他你能想到的物产也一样。但切不可过分挖掘地下资源，因为发现矿产的可能性十分低，采矿会令殖民者懒于从事其他劳作。

论及殖民地政府，则应由一人掌握，辅以一些顾问。让他们组成委员会来执行军事管制，但也要受某些限制。至关重要的是，让人们获取身处荒野的益处，即亲眼目睹主之圣恩与劳作。切莫让殖民地政府过于依赖宗主国政府的顾问与行政人员，后者的数量须适中，且最好是贵族绅士而非商人，因为商人们总是只顾眼前利益。首先施行自由通商政策，直到殖民地强大起来。商人们不仅可以自由通商不受关税限制，还可将货品运输到他们能获取最大利益的地方，除非有特殊理由须谨慎而行。

不可源源不断地送人过去，令殖民地过于拥挤；仔细调查他们的消耗，并按照比例运送物资。人数一定要保证可在殖民地生活富足，不会因为收取附加费用而陷入贫困。

有些殖民地因为建立在海滩和河边这类沼泽湿地，糟糕的环境让整个殖民地居民的健康都受到了严重威胁。因此，虽然应从海滩河边始建，才能避免运输等诸多不便，但宁可建在河流的上游也不可沿河而建。

同样涉及殖民地居民健康的因素还有，食盐储备一定要丰富，这样需要时才可能在饮食中用上它。如若殖民地建于土著聚居处，不仅要用小玩意和叮当作响的东西取悦他们，更需要公正而仁慈地对待他们，当然还要有足够的卫兵。不要试图通过帮助土著侵略他们的敌人而获得青睐，但帮助防守则无碍。时常将他们送回宗主国，他们看到宗主国的各种情况都比此地更好，返回后才会赞不绝口。一旦殖民地成长强大起来，就该将女人与男人一道运过来，这样才会一代代在殖民地生根发芽，切不可未做此安排便谋发展。

世界上罪孽最深之事就是鲁莽地抛弃殖民地或使之贫困潦倒，这样除了丢脸，更会因为令许多值得怜悯之人流血而负罪重重。

34 论财富

除了“德行的重负”，我想不出更好的词来形容财富，罗马文里的“Impedimenta”（辎重）一词更准确。因为财富之于德行，就正如辎重之于军队。辎重不可或缺，不能抛之不顾，但它的确会拖慢行军速度——有时为顾辎重甚至会影响乃至输掉战争。

巨额财富并无太大的真正用途，除非将其分发出去，其他都不过是空想而已。所罗门曾如是说：若财富数额巨大，总有更多人来消耗它；财富的主人除了能一饱眼福，又能得到什么？人们即便成功也无法真正感受到财富之美：你可以保管财富，或拥有施舍、捐赠它的权力，或因财富而声名鹊起，但财富对其主人而言却仍无实在的用处。你没见到那些小石头或稀奇之物虚高的价格吗？仅仅因为巨额财富可能有些用处，人们又是如何极尽浮夸炫耀之能事啊！但你可能会说，在险境和麻烦中，财富可以帮人脱身。就像所罗门所说：“在富人的想象之中，财富坚不可摧。”这句话已经表达得极清楚，这只是想象而并非总是事实。毫无疑问，巨额财富出卖的人远比它买通的人要多得多。不要追寻财富带来的骄傲，而是以正义之途得之，以谨慎之心用之，以愉悦之情分之，以满足之姿舍之。同时，也不可弃若敝履或像苦修士那样轻视它。但一定要区分清楚，正如西塞罗为波斯杜穆斯辩护时所说：“在追求增加其财富的过程中，显而易见，他并未被贪婪所奴役，而是将财富作为追寻善的工具。”也该听听所罗门的谆谆教诲：对迅速积累而成的财富要抱有警惕之心，因为“那些迅速致富之人不可能清白无辜”。

但丁的诗中亦曾描述过，当普路托斯（财富之神）受主神朱庇特之命行事时，他蹒跚向前，缓步而行；而当他受冥王普鲁托之命行事时，却疾走狂奔。其中寓意便是，靠正当手段和辛勤劳动发财致富速度缓慢，因他人死亡带来的横财（如继承、遗嘱或类似情况），则会令人应接不暇。如果将普鲁托理解为恶魔，此等情况也适用，靠不正当手段得来的财富（如欺诈、压迫和不正义的手段等）同样会迅速积累起来。

发财致富的方式很多，但大部分都不正当。勤俭节约是最好的方式之一，但即便如此也并非无可指摘，因为它会阻止人们去行慷慨慈善之事。土地收入的增加是获得财富最自然的方式，这是我们大地母亲的赐福，但它速度缓慢。然而，若极富有的人愿屈尊从事畜牧耕种，便可令财富迅速翻倍。我认识一位英格兰的贵族，他的财务审计工作是我这一代人中最为庞杂繁复的：他有大群牛羊、大片林场和玉米田、煤矿、铅矿和铁矿，以及其他各种物产。土地对他而言就如同汪洋大海，一年四季不间断地为他带来收益。

有人说，赚小钱很难，赚大钱却非常容易。因为当人的财富累积到一定程度，他便可预计市场动向，倚仗雄厚财力涉足少数人的生意，投资新兴产业，他的财富便会倍增了。

通过普通贸易和职业所获的是诚实的收入，主要由两点促成：勤勉劳动和诚实公平的好名声。而讨价还价所获的收益则更值得怀疑，因为你要等待他人将之视为必需品，靠利用买家的仆佣或其他各种手段来吸引买家，狡黠地排挤那些可能更好的出售者，诸如此类的行为狡诈却毫无价值。至于倒买倒卖，买来货物并非自用而是再次销售，这种行为通常对原始卖家和后来的买家是双重压榨。如果真能谨慎选择，合伙人也值得信赖，合伙经营的确能令人迅速致富。放高利贷盘剥是最有保障的盈利之道，却是最糟糕的一类，因为这就如“流着别人的汗来糊口”，而且还会在安息日违反教规获利。尽管高利贷生意有保障，但也有缺点：放债人和中间人常会为了从中获利而担保那些根本无法偿债之人。

如果有幸能成为第一个发明者或第一个获得特许经营权的人，有时的确能令财富有显著增长，如加纳利群岛第一个开糖厂的人。如果某人能够成为一个真正的逻辑学家，既拥有敏锐的判断力，也富有创新能力，他便能成就伟大事业，若他生逢其时，成就便更大。有些稳定收入就安于现状，这样当然很难获得巨大财富，但那些将一切拿去冒险投机的人，通常也容易破产潦倒。最好是审慎冒险与安稳营收相结合，这样即便有所损失也能承受。垄断经营或囤积居奇只要不被禁止便是发财致富的好办法，特别是如果有智慧能预知何种货物即将热销并提前囤积。

通过服务而发财虽然能令人平步青云，然而若是靠逢迎拍马、卑躬屈膝之法，便可能变成最卑鄙的方式。至于诱骗他人给你遗产或财产执行权——如塔西佗评价塞内卡“他遍撒渔网掠夺遗产和财产监护人身份”——则更加卑鄙。因为前者讨好的是权势之人，而后者讨好的则是卑鄙小人。

切不可相信那些看起来视钱财如粪土之人，他们蔑视财富只是因为对盈利已不抱希望，一旦发财他们只会更吝惜财富。不要锱铢必较，财富会长翅膀，有时会自己飞走，但有时需要放飞才能带回来更多。人们将自己的财富要么留给血脉至亲，要么便留给大众，无论选择何种方式，比例恰当才最好。如果将一个伟大城邦留给继承人，而他却年龄小，判断力不够，只会引来各种掠夺者在他身边打转。同样，虚荣的馈赠和基金就像没加盐的祭品，只不过是粉饰一新的墓穴，不久便会从内部腐烂败坏。因此，不可用数量来衡量你的捐赠，应以用途来制定捐赠的标准；也不可等到将死之时再行捐赠，这么做仔细想想，倒更像是在慷他人之慨了。

35 论预言

我要讨论的既非神明的启示，也非异教徒的神谕，更非自然的预测，只是那些已经应验为确切历史，却又不明就里的预言。隐多珥女巫对扫罗说："明日，汝与汝子将与我同行。"荷马也曾有过如下诗句："埃涅阿斯一族终将统治所有国土，他的子子孙孙，直到后世。"这一预言似乎应验到了罗马帝国身上。悲剧作家塞内加也曾留下类似的预言：

> 将来会有那么一天，
> 大海松开了它的锁链，
> 广阔的大地展开于眼前，
> 另一位忒菲斯发现新世界，
> 极地图勒之外另有洞天。

这些诗句预言了美洲的发现。而波利克拉底的女儿梦到朱庇特为她父亲沐浴，阿波罗为他涂油，真实发生的则是他被十字架钉在露天之下，太阳令他大汗淋漓，而雨水则冲刷着他的身体。马其顿国王腓力曾梦到自己缝上了妻子的肚皮，解梦时以为是暗示妻子不能生育，占卜者亚里斯坦德却说这是因为他妻子怀孕了，因为谁也不用封住空荡荡的容器。布鲁图的帐中出现了幽灵，并告知他："你将在腓力比再见到我。"提比略亦曾告诉加尔巴："你也一样会品尝这个帝国的滋味。"在苇斯巴芗的年代，东方曾有个预言，说从犹太之地来的人将会统治世界——也许它本来指的是我们的救世主耶稣，但塔西佗认为这个预言意指苇斯巴芗。图密善在他被谋杀的前一晚曾梦到自己后脖颈处长出个金色头颅，而他的继任者们确实铸就了罗马帝国的黄金时代。英王亨利六世曾经在亨利七世还小时，指着这个为他端水的孩子说："他以后将会享用我们奋力争夺的王冠。"

我在法国时曾听一位名叫佩纳的医生说，笃信巫术的王太后曾用假名要人为她的丈夫、当时的法国国王占卜。算命的人预言他将死于决斗，那时王太后大笑，认为自己丈夫不会接受挑战或决斗；然而他却在比武中被杀，蒙哥马利木杖的裂片刺入了他的护面板中。我还是孩童而伊丽莎白女王也还年轻时，大家听得最多的预言就是"大麻草盛放之时，英格兰就要玩完"。那个时候，人们的理解是，HEMPE这个词每个字母代表着一位英国统治者（Henry亨利，Edward爱德华，Mary玛丽，Philip菲利普，Elizabeth伊丽莎白），他们之后，英格兰就会陷入混乱。感谢上帝，事实是只不过名字有所改变，以前叫英格兰王，现在则是不列颠王。1588年之前还有另一个预言，我到现在仍不理解：

终有一天你将看见，
巴岛和梅岛之间，
那挪威的黑色舰队。
待它来而又返，
英格兰建起石屋，
因为此后战争将会荡然无存。

人们认为它指的是1588年的西班牙舰队，据说西班牙国王的姓就是挪威。人们也认为雷乔蒙塔努斯的那句预言“88年，奇迹之年”同样应验在西班牙舰队的远征上，那支舰队或许舰船数量并非最多，战力却是迄今为止海上最强的。至于克里昂的梦，我觉得只是笑话而已，据说梦中他被一条长龙吞噬，解梦的人说是某个做香肠的人将会给他惹来无穷麻烦。类似的预言还有很多，特别是如果你把梦和占星术都算上，那就更多了。但我只为了举例而写下以上应验的事。

我的看法是，一切预言都不该被当回事，那只是冬天炉火边的谈资而已。我所谓的“不当回事”，指的是无须去信奉它们；但是预言的传播或宣扬则绝不可不当回事，因为它们已经造成了那么多恶果，许多国家都会颁布严苛法令禁止预言的传播。

预言之所以能被赋予些许意义和可信度，主要有三个原因。第一，人们只会记得实现了的预言，未实现的预言则无人记得，跟做梦一样。第二，可能的猜想或隐晦的传统常常会摇身一变成为预言，而天性渴望着神灵存在的人类，觉得提前预示，并按照预示的去做没什么害处，就像塞内加的诗一样。其实很多内容当时都已经有所显露，如地球在大西洋之外还有众多部分，而且很可能不会全都是海洋。另外，延续柏拉图的《蒂迈欧篇》和《亚特兰蒂斯篇》的传统，人们便会积极地将推测转变成预言。第三，也是最重要的一点是，虽然预言的数量可能浩繁无垠，却大多欺世惑众，不过是狡诈又无聊的人在事件发生之后编造的谎言而已。

36 论野心

野心就如胆汁，这种体液会让人富有主动性、热忱、欣欣然、跃跃欲试——只要不被阻碍就好。一旦被阻碍，不能按照他的想法行事，这种体液便会令人头脑发热，变得有害而恶毒。因此，野心家们如果能找到一条平步青云的路并一直晋升，便只会忙忙碌碌，不会成为危险人物。如果他们的渴望得不到满足，便会暗中不满，不论是看其他人还是看自己的主人，都会带着恶毒的滤镜，只有事情受挫时他们才最开心，这是国家公仆或国之重臣最糟糕的品质。国君们若要任用野心家，定需谨慎处理，令他们不断晋升而不是倒退。当然，这样也无法避免麻烦，最好是干脆不用此类人，因为他们只要没有因工作出色被提拔，便会想方设法拖垮自己的工作。既然我已经指出除非万不得已最好不用野心家们，那我们就来讨论在何种情况下必须得用他们。

有野心的人可做战争中的好将领，只要他们的野心不是那么大，做出的贡献可与带来的麻烦相抵消，毕竟让士兵失去野心就像拔掉他的马刺一样。在危急时刻或容易遭妒时，野心家们更能成为国君的最佳挡箭牌，因为除了这些人没人会愿意扮演这个角色，他们像双眼被缝起来的鸽子，看不清才会不断勇往直前。还可以利用野心家们，把任何权势凌驾于君主之上的重臣拉下马来，就像当年提比略利用马克罗除掉塞雅努斯一样。

既然在这些情况下必须利用他们，那么下面就该谈谈如何驾驭才能使他们不会构成威胁。出身富贵的野心家比出身贫贱的更危险，宽厚仁慈得人心的比个性粗鄙的更危险，根基牢固而狡诈的比新晋的野心家更危险。有人认为偏心是君王的弱点，但相较于其他，偏心反而是对付野心勃勃之人的良方，因为一旦是否能讨君王欢心都只依赖于亲信的一家之言，那么其他人就都不可能过于位高权重了。控制野心家的另一种方式则是用和他们一样充满野心之人来制衡，当然，这时另需持中间立场之人来保证诸事的稳定，若缺了压舱物，船就会颠簸得太凶。国君至少需要提拔重用一些出身更卑贱之人，以鞭策野心家们。至于让他们意识到有被毁掉的危险，胆小怕事之徒可能会因此听话，但若是性子烈胆子大的人，反而可能让他们加快图谋的速度，招致更多危险。想要击垮他们，又因为情势所迫，如果突然发难则无法保证安全，唯一的做法就是不断给点甜头再羞辱一番，这样他们便无法预知未来的情况，如同在迷宫中打转。

论及野心，做出一番伟业的野心比万事都想插手的野心更无害，因为凡事都要插手只会产生混乱，破坏公务。但即便他们插手公务，也不如极擅结党的野心家危险。希望在干练之人中鹤立鸡群虽然野心不小，但这对公众而言总是好事。然而，阴谋筹划在平庸之众中独领风骚，这种人只会导致整个时代的衰退。

欲求高位者有三个动机：取得更好的条件为国效力，能接触国君和首脑，能增加个人的财富。只有因为第一点而志向远大的人才是值得信赖的股肱之臣，一位能分辨这些意图的国君才是明君。总之，君主和政府都应选择那些更在乎职责而非升迁的大臣，选择那些为了良心而热爱工作，而不是为了炫耀才热衷公职之人；另外，还要分辨好管闲事之徒和为国效力之人。

37 论假面戏剧和凯旋仪式

与本书诸多严肃话题相比，假面戏剧和凯旋仪式都不过是玩闹而已，但既然国君们也要靠这些事来消遣，那就最好用考究之风令这些活动高雅端庄，而不要铺张得庸俗拙劣。

伴着歌声翩翩起舞能令人心旷神怡。依我看来，应由唱诗班吟唱，唱诗班安置在阁楼上，再配以不同乐器演奏的片段，小调和着乐器变化。歌中的表演，特别是对话，要有极其高雅的内涵——我说的是表演而非舞蹈（因为那是一种庸俗粗鄙的举动）。对话的歌者需嗓音有力而雄壮（可以是男低音和男中音，切不可是童声高音）。小调则要高亢凄切，切不可柔和甜美。数个唱诗班的歌咏，分置于廊台之上时要相向而立，在唱赞美诗时用多声部合音，便会唱出无尽美感。将舞蹈变成队形排列只不过是幼稚的新鲜玩意儿。总而言之，读者需注意，我在此处所作的建议都能自然地令人感官愉悦，而不是为哗众取宠而设。

场景转化时若能做到安静不嘈杂，的确是令人沉醉的美丽之事，因为它们能令人耳目愉悦，而不至于因为同样的场景一再出现而觉得无趣。场景的灯光一定要充足，特别是要显得绚烂多彩、变化多端。让蒙面舞者或其他即将下场的人先在布景边做些动作，观众会被这些奇异的事吸引，想要看清那些无法完美察觉之事的渴望只会令人更加愉悦。吟唱一定要响亮欢快，切不可刺耳而哀伤；同样，音乐一定要高亢而洪亮，起承转合安排得当。在烛光中最悦目的颜色是白色、肉粉、海水绿，圆而晶亮的东西最能璀璨生辉——当然不要太贵。至于繁复的刺绣，在烛光之下会黯然失色，分辨不清。蒙面舞者的服装一定要端庄大方，当他们取下面罩变回普通人时，仍能落落大方，因此不要照搬人所共知的服饰，如土耳其装、军服和水手装。假面戏剧幕间的表演不可过长，通常会有如弄臣、半人半羊的森林之神、狒狒、野人、小丑、野兽、鬼魂、女巫、埃塞俄普斯、侏儒、土耳其矮人、美少女、乡巴佬、丘比特和移动的塑像之类。至于天使，他们没有那么多的喜剧色彩，不适合放在幕间剧中，而各种丑陋无比的角色如恶魔、巨人，不适合的原因则正好相反。但总的来说，幕间剧的音乐一定要适合消遣，有些奇异的变化。突然出现某种甜美的气息，不用水滴，只利用蒸汽和热度来传播，便会令观者满心愉悦，精神焕发。双重面具一男一女，能增添更多情景和多样性，但如果房间不保持干净整洁，那一切便都是空谈。

至于各种比武类表演，最有看头的其实是挑战者进场时乘坐的战车，特别是如果拉战车的是珍奇猛兽，如狮子、黑熊、骆驼等等。另外能显得闪耀的还有他们进场的阵势、仆从的盛装或马匹闪亮的盔甲。不过谈论此类玩物就到此为止吧。

38 论人之天性

天性时常隐匿不现，有时能被压抑，但极少消失殆尽。若要用强力加以遏制，只会令其以更迅猛的势头回归。清规戒律会让天性有所收敛，但只有习惯的力量才能征服并改变它。

如若想要战胜自己的天性，那就不可给自己过于困难或过于简单的挑战。挑战太难只会令人因失败而垂头丧气，而挑战太简单虽然能让人时常胜利，却进步缓慢。一开始可以借助辅助工具进行训练，就像初学游泳时借助浮标一样，但一段时间之后，便要负重练习了，如舞者穿着厚底鞋训练，只有当你练习时难度更高，熟能生巧，才能达到真正的完美。天性强大无比，难以根除，因此必须循序渐进。首先缓和天性的冲动，正如对易怒者的建议——先需念完二十四个字母冷静一下；其次便是逐渐实现程度的减轻，正如为了戒掉红酒，从一杯减到一口；最后才是彻底不再任性而为。但如果有人能凭毅力、决心一次就脱胎换骨，那就再好不过了："你何时才能自由啊？那绑缚于胸腔的枷锁。只有断然挣脱，才可一劳永逸。"

古人的法则也不无道理，矫枉不妨过正，但要明白，反面的极端一定不能是恶习。

如果强行让自己养成某个习惯，一定不能一鼓作气，要有些许间歇，这样才能巩固新的习性。如果某人无法保证每时每刻都延续新习性，说不定反而会在培养能力时培养出恶习来，弄得两者皆备。除了时不时的间歇，要避免此种情况别无他法。但人们不可对战胜天性过于自信，因为它可以潜伏很长时间，一旦有机可乘便会卷土重来。就像《伊索寓言》中的那个姑娘，从猫变成女人后，虽然可以故作端庄地坐在桌边，一旦老鼠从面前跑过却本性毕露。因此，要么就完全避开可能令你本性毕露的情况，要么就不断地去面对这种诱惑，这样才可能最终做到不为所动。

在独处时最能看出一个人的天性来，那时他无须矫揉造作；在热情洋溢之时也可一窥，那时他会将戒律抛诸脑后；或是碰到新奇事物进行新尝试时，那时习惯便起不了作用了。

天性与职业正好相符的人会很幸福；如果他们钻研的是并不感兴趣的东西，他们便会说“我的灵魂早已变为寄居者”。在学习时，如果内容是你强加于己的，便须为之花上数小时；如果内容与自己的天性吻合，便不必专门花时间，因为你的思绪会主动飞到那些内容上。其他事务与研究的道理也一样。

人的天性要么如芳草，要么如杂莠，一定要时时勤拂拭，灌溉好前者，祛除掉后者。

39 论习惯与教育

人们的思想大多与自身意愿一致，言论则取决于他们的学识与主张，而行为则取决于他们的习惯。

正如马基亚维利曾敏锐指出的——虽然在其上下文中，他是为了支持恶行——既不可相信本性的力量，也不可相信言语的盛装，除非这些都以习惯为后盾。他文中讨论的是，为了孤注一掷的刺杀阴谋能够成功，人既不能依赖天性凶狠的人，也不能依赖决心坚定的人，只能倚重双手以前曾沾过鲜血的人。尽管马基雅维利并不认识克莱芒修士或拉瓦亚克，也不认识若雷吉或巴尔塔扎尔·热拉尔这些非职业刺客，然而他的话仍颇有道理，天性和誓言都不如习惯那样有力。

如今只有迷信能够令人如此狂热，第一次杀人的人也能跟职业屠夫一样心狠手辣，即便牵涉流血问题，狂热信徒发誓所展现的决心也能与习惯相提并论了。而在其他问题上，习惯的主导作用随处可见，甚至到了如下程度：你明明亲耳听到他们宣誓、抗议、许诺参与、做出无比的承诺，一旦行动起来却与以前别无二致，就好像他们只是死去的画像，仅仅依靠习惯的车轮推动着。

我们也已经目睹了习惯能在何种程度上统治众人。印第安人——我特指他们中的智者——安静地躺在木头堆上自焚以献祭，更不用说那些力求与丈夫的遗骸同葬的妻子。古代斯巴达的小伙子们早就习惯了在狩猎女神的祭台上忍受鞭笞，都不会躲一下。我还记得在伊丽莎白女王统治英格兰初期，一名被判有罪的爱尔兰叛军曾向议员请求，吊死他时用藤条而不是绳子，只因为这是以前处置叛军的习惯。俄国还有些僧侣为了赎罪，整夜坐在装满水的容器中，直到水结冰为止。习惯对于人的思想和身体所产生的力量还可举出许多例子。

既然习惯是人一生中最主要的决断者，人们就应该竭尽所能，努力获得好习惯。

年轻时养成的好习惯肯定是最好的，我们把它称为教育，实际上，它只是早期的习惯而已。我们也知道，年轻时学习语言、练习表达、发出声音的舌头最灵活，而关节在完成不同活动和动作时也最柔韧。毋庸置疑，年长的学习者相较而言更难养成习惯，除非是有些还没有形成思维定式的人，他们一直让自己保持着开放的态度，随时准备接受不断的修正，这是极其罕有的个例。不过，如果说简单而独立的个人习惯力量巨大，那么相互联合的集体力量则更加强大。因为，有榜样的教诲，有同伴的慰藉，有竞争的促进，有荣誉让你更进一步，在这样的情形下，习惯之力能登峰造极。

毫无疑问，面对人的天性，德行的不断累积取决于社会的规章明确、纪律严明。因为国家和政府虽然会促进德行的成长，但不会改良德行的种子。最可悲的是，这一最有效的方法现如今却用在最不该用的地方。

40 论幸运

不可否认的是，幸运大多由外在的偶然因素造成，偏爱、机遇、他人的死亡、行为的缘由与德行相符等等。但总体来说，人是否走运仍主要由他自己掌握。“每个人都是他自己命运的建筑师”，有位诗人曾如是说。通常最容易发生的外因是，某人的不幸造成了另一个人的幸运，因为他人的失误导致自己诸事顺心，这是最难以预料的。“蛇须得吞噬其同类才能变身为龙。”

显露在外的德行会为人所称道，但隐而不见的德行则会带来幸运，那是无法名状的对自我的显现。西班牙语对命运的称谓“desemboltura”部分道出了其中的秘诀：如果人的天性中没有不耐烦和中途放弃，那么，他的心智之轮便定会与命运之轮同步。正因为如此，李维这样描述加图：“这便是他心灵和身体的力量，无论他生于何处，他都一定可以令自己走运”，却仍然强调他多才多艺的智慧。如果你能警醒而敏锐地观察，就能发现命运女神：她虽然蒙着眼，却并非隐形无踪。银河由无数星辰组成，分散开来肉眼难见，组在一起便能闪耀天空，命运之道也是如此。同样的道理，一些微小的、几乎无从分辨的德行，又或者说是能力和习惯，才令人走运。意大利人注意到了一些他人很难想到的特点。当他们谈论某个不会犯错的人时，常常会在言谈中插上一句“他有点疯疯癫癫的”。当然，幸运之人最重要的特性是有点愚人的大度，不要有太多诚实人的直率。竭尽一切效忠自己国家和君主的人从来都不会走运，也不可能走运。因为当一个人抛开小我，只为国担忧，便不会以实现自我为追求。

突然而至的幸运会造就冒险家——法国人的用词更加贴切：富有进取心的人，或惹是生非的人，通过勤奋获得的运气才能造就有才能的人。命运女神应该得到尊崇和敬意，并延伸到她的两个女儿——自信女神和名誉女神，前者在你自己心中，后者在别人的目光中。智者为了不让他人因为自己的德行而生妒，常常将自己的幸运归因于天意和命运，这样他们便可坦然承受了。再说，若能受到上天的眷顾，他的伟业也就天经地义了。所以恺撒在暴风雨中才会跟船夫说：“你搭载的不仅有恺撒，还有他的幸运。”也因此，苏拉才选择了“幸运”的名号而非“伟大”。也有人注意到，公开将太多成就归功于自身智慧、策略的人，往往会不幸而终。书中曾记载，雅典人提谟修斯在向政府所做的报告中便是如此表述，说他的胜利并无幸运的眷顾，在此之后他便再也没有成功过。毋庸置疑，有些人的命运就像荷马的诗歌一样，比其他人的诗篇更加顺利流畅——当普鲁塔克将提摩里昂的命运与阿格西劳斯或伊巴密浓达的相比较时，便有此等评价。人的命运原本不同，但毫无疑问也与人自身息息相关。

41 论放贷

许多人都用机智言辞抨击过放贷。他们说真是可惜，上帝本该得到的什一税竟被魔鬼拿去了。放贷者才是将安息日破坏得最厉害的人，因为他每周日都要去收取利息。还有人说放贷者就是维吉尔口中的雄蜂："有的列成队形，把一队懒惰的雄蜂从蜂巢里赶了出来。"放贷者违反了人类堕落之后制定的第一条法律，因为"你必汗流满面才得糊口——绝不是靠别人的汗"。他们应该戴上橙红色的帽子，因为他们信奉的其实是犹太教。又说钱生钱是违背天性的，诸如此类。我只能说，放贷只是因为人们太狠心才不得以为之的，借款不可避免，人们又不乐意免息借给别人，因此只能允许放贷。还有些人已经提出关于银行贷款、抵押房产和其他新方法的建议，这些建议令人生疑、狡猾无比。但很少有人谈论放贷的用处。因此，将放贷的价值和弊端摆在人们面前是个好办法，这样放贷的好处就有可能被人们多加权衡，甚至挑出来小心地加以利用。如此一来，在我们找到更好的办法之前，至少不会陷入更糟糕的境地。

放贷有以下几个弊端。第一，它会令商人数量减少，要不是放贷这一懒惰的行业，金钱便会流动起来而非静止不动，其中很大部分将会流入商业活动中，这才是一国财富的门静脉。第二，放贷还会让商人们更穷，就像农场牧主如果坐享高额地租就不会再去经营土地耕种一样，借贷的商人也不可能把生意做得太好。第三点是前两点的必然结果，即国家或君王税收的减少，因为税收是随着商业增减的。第四，放贷会让一片领地或国家的财富集中到少数几个人的手中。放贷者确定能赚到钱，借贷的人却不好说，而任何国家都只有在财富分散得较为平均时才能繁荣昌盛。第五，放贷令土地的价格下跌，因为金钱的流转主要依靠商业或购买土地，而放贷会阻碍它们的实施。第六，它会令所有的行业、改良和创新都黯然失色，如果不是因为受到放贷的打击，金钱本会在这些活动中流动。最后，放贷会侵蚀并毁掉很多人的财富，一段时间后便会制造更多的贫困人群。

然而从另一方面看，放贷也有些益处。第一，不论放贷在某些方面是如何妨碍了商业发展，在另一些方面却能促进它。毫无疑问，贸易的重中之重是由年轻的商人们推动的，而他们必须依赖付利息的借贷，因此若放贷者收回或保留自己的钱，那么就一定会导致贸易的即刻停滞。第二，如果没有这种相对容易的有息借贷，一时的捉襟见肘便会导致最突然的破产，因为他们将不得不贱卖掉赖以为生的资产（不论该资产是土地还是货品）。虽然放贷有可能啃噬着他们，但糟糕的市场也会把他们吞得一干二净。至于抵押贷款或典当，它们其实于事无补，因为人们不会接受无用的典当品；即便他们接受了典当品，也巴不得你无法赎回。我记得本国一位残忍的当铺老板就曾说过，快让魔鬼抓走放贷这玩意儿吧，它害得我们拿不到那些无法赎回的抵押品和债券了。最后第三点，寄希望于出现不收利息的普通借款是不切实际的，更不可想象的是，如果借贷受到限制，将会导致怎样的麻烦。对如何消灭放贷行为的探讨完全是空谈。所有的国家都有这一行为存在，只是形式、利率或是别的什么有所不同，因此这个主意只适合送到乌托邦去。

现在该谈谈如何改进和规范放贷行为，如何才能最有效地避免放贷的弊端，并保住它的好处。看来，想要平衡放贷的利弊，两件事情需要有所妥协。一件是，要将放贷者的牙齿磨平点，这样啃起来伤害便小一些；另一件是，为了延续并促进贸易，需要保存一种可能的方法，让有钱人将钱借给商人们。要实现这一点，就必须引进两类不同的放贷方式，一个利息低，一个利息高。如果只将放贷利息降低，那么虽然会减轻普通借贷者的压力，商人们却会借机赚钱。需要注意的是，商业交易是最赚钱的行当，因此能够承担更高的利息，而其他的行当却承担不了。

为了保证两种好处都能实现，大致说来方法如下。放贷要有两种不同的利息：一种低息放贷，普罗大众都可申请；另一种必须获得许可，只能贷给特定商业地区的特定商人。那么首先，将大众贷款利率降低到5%，任何人都可申请此类利率的贷款，政府则不可对此类放贷做出任何惩罚。这样便能保证借款行为不会骤然停止或减少，也能让国内无数的借款者轻松些。它同时还会导致土地价格的上涨，因为十六年交清购置款项的土地能让购买者赚到6%，有时候会更多，而放贷只能赚到5%。类似的原因还能鼓励和刺激工业和有益的改良事业，很多人将会愿意冒险尝试而非满足于只得到5%，特别是在这种尝试可以带来更大收益的情况下。第二种是，让某些人获得许可向知名商人提供更高利率的贷款，并加上保障内容——利率需要比商人之前所需支付的稍低。只有这样，所有的借款者才会因为此项变革而变得轻松一些，不管他是不是商人。放贷者不可是银行或国家资金的掌管人，必须是钱款的真正所有人。并不是我本人对银行有什么偏见，它们实在很难得到一般人的信任。关于许可证的一些小问题由政府决定，而其他内容则由放款人决定，只有政府干涉较少的时候放款人才不会灰心。举个例子，以前曾经收取9%～10%利息的人，很快就宁愿将它降到8%也不愿放弃自己的放贷生意，因为他们不会放弃稳赚不赔的生意而去做有赚有赔的行当。获得许可的放款人数量可以不受限制，但他们的活动区域必须限制在一些主要商业城市和城镇，这样就不太可能在全国将他人的钱变为自己的，也不会有人试图借5%的贷款却转手以9%的利率放贷出去，因为没人会把钱借给远方的人或不认识的人。

如果有人反对，说这实际上是许可了放贷，而以前在某些地方放贷是不允许的，那么我的答案是，与其默许放贷却招来怒火，还不如让它合法，来缓和对它的不满。

42 论青春与暮年

年少之人也可能少年老成，只要他从不虚掷光阴，然而此等情形实属罕见。普遍说来，青春就像最初的沉思，远不如后来的沉思那么睿智。除了年龄上的青春，还有思想上的年轻。但通常年轻人的发明会比老年人的更充满生机，想象力流淌过他们脑中时也更绚烂，因为它更贴近神灵。那些天性火爆、志向高远、渴慕成功又不安分的人不够成熟，直到他们步入盛年之后才可成就大业，恺撒和塞维鲁便是如此。史书评价后者时如此写道，“他年少时曾犯过无数错误，甚至有些疯癫”，然而他却几乎成为有史以来最能干的帝王。沉稳的个性可能对年轻人颇有益处，如奥古斯都、佛罗伦萨大公科西莫和勒莫尔公爵加斯东等。反之，对于老人来说，保持住热情和活力更难能可贵。

年轻人更适合创造而不适合判断，更适合执行而不适合提出建议，更适合尝试新事物而不适合已有所成的事业。年长者虽然能在需要经验的事业中为他们提供指导，但在新兴事业中却只会令其裹足不前。

年轻人一旦犯错容易事业尽毁，而年长者的错误只会是做得过少、行动太迟。

年轻人在决定自己的行动时，容易好大喜功却无力完成，匆忙想要达到目的却不去考量方式方法和轻重缓急，随意改变并一意孤行，鲁莽创新却不计后果，不顾可能造成的未知弊端。一开始便用极端手段，即便令错误更甚也不承认、不悔改，就像还未驯好的马匹，不知何时停步、何时掉头。而年长者则反对过多，顾虑太久，太不愿冒险，太轻易就后悔，极少能咬牙坚持到底，总是只要勉强成功就已满足。

显而易见，若能结合两者的长处那就再好不过。一方面能够确保眼前，因为两个年龄段的人可以互补；另一方面则能确保事业的延续，年轻人虚心求教，年长者则掌舵护航。最后，此种安排对外交也有好处，年长者富有权威，而年轻人则讨人喜欢。不过在道德方面，可能更应该让青年人挑大梁，正如政治方面该由年长者做主角一样。

《圣经》说："你们的少年人要见异象，老年人要做异梦。"有个老师曾分析说，这句话暗示着年轻人比老年人更加接近上帝，因为幻象相较于梦境是更加清晰的启示。当然了，人在世上的经历愈多，人世便会愈加毒害他，年岁带来的益处更多地在于理解的力量，而非意志和情感的优越。

有些人年少成名，随着时光流逝却才智枯竭。第一种是很早便机智过人，不久后却一反过往，如修辞学家西摩热内斯，他的书曾妙语连珠，之后却只有愚蠢言论了。第二种是有些天赋对年轻人而言更优雅，对年长者却不然，例如流畅华丽的辞藻在年轻人身上很美妙，但在长者那里却不然。因此西塞罗在批评奥腾休斯时曾说：“他的风格仍与从前一样，却再也不适合他了。”第三种是年轻时过早便将压力之弦绷得太紧，年岁渐长后无法延续，只能松懈下来。李维就曾如此说过大西庇阿：“与他年轻时的伟业相比，他最后的作为相形见绌。”

43 论美

德行犹如宝石，简洁高雅处最能衬托其美。就人而言，德行最好配上标致的身躯，但不要太过纤弱，宁愿要高贵的气质而非美丽的外表。同样，绝美之人同时也拥有极佳德行，这样的情况几乎难得一见，似乎大自然造人时太忙，总免不了纰漏而无法产生完美之人。往往那些成就丰功伟绩的人似乎并无太伟大的心灵，因此人们更关注举止而非德行。但也有例外，例如奥古斯都、苇斯巴芗、法兰西的腓力四世、英格兰的爱德华四世、雅典的亚西比德和波斯王智者伊斯迈尔，他们拥有高洁伟大的灵魂，却也是当世最美貌之人。

就美而言，面容之美胜过肤色之美，得体和仁慈的行为之美又胜过面容之美。美最出色之处用画笔无法描绘，也不可一眼便知。任何真正的出众之美都在比例上有奇异之处。人们无法判断两位画家阿佩利斯和丢勒谁更无聊，丢勒画人像时总纠结于几何比例，而另一位则爱将人们脸上最美的部分综合在一起，造出一幅幅完美画像。依鄙人愚见，这样的人像除了画家自己，谁都不会喜欢。我也不认为哪个画家能够画出举世无双的美人面孔，除非忽有神来之笔，就像音乐家作曲时的灵感突现，而非拘泥于规则。人们都见过这样的面庞：如若分开来，可能每个部分都平淡无奇，放到一起却美丽无比。如果美最重要的因素存在于得体的仪态，那么，长者很多时候更加器宇轩昂就不足为奇了。“美人即便迟暮亦美。”若非以青春补足，年轻人不会获得无瑕之美。

美正如夏季的果实，轻易便会腐坏，难以长久，且常常会令人年少轻狂，并令老者颇觉难堪。但正像我之前强调的，若美能与德行为伍，便能大放光芒，而恶行则无地自容。

44 论生理缺陷

有生理缺陷的人通常都想报复上天，既然上天对他们不仁，他们就要对上天不义。正如《圣经》所说，这些人大都是“无亲情的”，才会报复上天。毫无疑问，身体和心灵有着某种一致，当上天在一处犯错时，也只能在另一处承担风险了。然而，人们的心灵是有选择余地的，而自己的身体却无从选择，自律和德行的耀眼阳光有时能够遮蔽决定身体缺陷的命运之星。不要将身体的缺陷当作某种标志，因为它具有欺骗性，而应将它当成一种动因，一种几乎总能产生效果的动因。

身体有缺陷的人的确容易招致轻蔑，他们却总会有某种坚定的意志，要挽救自身于蔑视之中。因此，所有身体有缺陷的人都非常勇敢。这是被人嘲弄时的自我保护。同样，缺陷还能激发他们的勤勉，特别是让他们仔细观察他人的弱点，这样才有机会报复。另外，有缺陷之人不太会引致常人的嫉妒，因为后者认为自己可以随意蔑视对方，如此便能让竞争者们高枕无忧，从未想到这些有缺陷的人也有可能获胜，直至如梦初醒却为时已晚。总体来说，如若拥有大智慧，身体的缺陷实属一种优势。

古代的国君们（当代有些国家仍然如此）总是愿意相信宦官，因为对他人的嫉妒会让宦官更依赖国君。然而这种信任更像是对出色的耳目亲信的信任，而非对出色法官和行政官员的信任，身体有缺陷的人在人们眼中也一样。关键在于，有缺陷的人只要有能力，便会努力让自己不再被人鄙薄，而他们要么选择美德，要么选择作恶。若身体有缺陷的人证明了自己出类拔萃，也不要太过惊讶，因为已经有过许多先例，如跛足国王阿格西劳斯、苏里曼一世的驼背儿子桑格尔、形体丑陋的伊索和秘鲁总督加斯卡的先例，甚至连长相难看的苏格拉底都能算作他们中的一员。

45 论筑房

造房子是用来住而不是用来看的，因此，实用性应该比美观更重要，除非美观也是实用性的一种。把只为了美丽而建造的房屋留给诗人们吧，让他们用笔来建筑这些有魔法的房子，又不用花费太多。

那些将好房子建在糟糕地点的人，相当于将自己关入监牢。说到糟糕地点时，我不仅仅指通风不良的地方，同样还有天气变化多端的困扰。人们都曾见过许多选址似乎不错的地方，房子建在山谷里的一块高地上，群山环抱，然而此等环境会令阳光产生的热量散发不出去，风也时起时歇，居住者定会感受到突如其来的气候变化，冷暖无常，就好像住在了几处不同地方。不仅仅是气候环境影响着房屋的选址，还包括交通是否便利、市场是否发达，以及如果你去咨询嘲弄之神莫摩斯，他还会说周围是否有恶邻也很重要。还有诸多因素我就不一一细说了，如水源充裕、森林茂盛、荫蔽之处、果实充裕、拥有多种地形的土地、风景优美、地面平整、附近就有围猎放鹰赛跑的空间；不要离海太近或太远，有便利通行的河流，又不用担心河水泛滥；离大城市不要太远以免妨碍事业发展，也不要离城市太近，物资被大城市消耗而导致物价飞涨；既不可将所有的物产全都堆到一屋，也不可家徒四壁。所有这一切也许很难一并实现，但了解这些因素并多加考虑，就可以尽力选择符合条件最多的地方。或者如果你有几处房产，那么就要做好安排，让一处房子弥补另一处的缺憾。卢库鲁斯对庞培的回答就很妙，庞培看到他某处房子壮观的门廊和洒满阳光的巨大房间时曾问："这地方过夏天极好，但你冬天怎么办？"卢库鲁斯回道："怎么，你觉得我还不如一些禽鸟聪明，不知道到了冬天便该迁徙到另一处居住吗？"

从房屋的选址谈到房子本身，我们将会采取西塞罗在讨论演讲的艺术时所用的方法。西塞罗写了《论演说艺术》，又写了一本名为《演说家》的书，前者讲述的是这门技艺的基本规则，而后者则讲如何完善它。因此，我们也会描绘一座豪华的宫殿，以此作为模板。令人奇怪的是，在当今欧洲，就连梵蒂冈或埃斯库里阿尔宫这样的华贵建筑都难觅一间极漂亮的房间。

因此，首先我要说除非你建了两栋侧翼楼，一栋就像《以斯帖记》中所记载的那样作为宴会场所，另一栋则作为家常住所，否则就不能算是完美的房子。我所理解的两栋侧翼不仅可以从宅邸正面拐到侧面，也可以完全成为正面的一部分，两栋楼外观需一致，但内部结构可有所不同，两栋楼需矗立在正中间一座威严的巨大塔楼两侧，分别连接塔楼。宴会楼一侧在楼梯上只需有一间漂亮的大房间，大概四十英尺高，它楼下则是一间举办庆祝会时可以更衣或准备的房间。居家的侧楼，我希望它首先被分割成大厅和祷告室（两者之间有隔断），两间房都要宽敞，无须延伸到一整层楼，而在最远处则要有两间会客厅，一间冬季用，一间夏季用，两间都要漂亮些。在这些房间下面则须有一个巨大的地下酒窖，同一层还要有一些储藏间，用于放奶油制品和面包等等。至于主塔楼，我认为要高出翼楼两层，每层十八英尺高，顶上是漂亮的铅皮平顶，周围有栏杆，有雕塑点缀其间。塔楼可以按照需要恰当地分隔出一些小房间。通往上层房间的楼梯要漂亮地沿着墙壁而建，楼梯栏杆用木头制成，再涂上一层古铜色，楼梯顶端需有一个非常美丽的平台。但千万不要将楼下的房间给佣人们就餐，否则，你就会吃完一顿后再吃一顿佣人们的晚餐——因为饭食的气味会顺着楼梯像通过烟囱一样飘上来。正面说到此便足够。但我想强调的是，第一层楼梯的高度应该为十六英尺，跟一楼的高度一致。

在正面的主楼背后应该有个漂亮的庭院，庭院的三个侧面都有比正面矮的建筑，庭院的四个角都应该外置楼梯塔楼，而不要修进建筑内部。但这些塔楼的高度一定不可与正面的相同，最好与背面的矮建筑形成一定比例。不要在庭院中铺上石子，因为在夏天会吸收许多热量，到了冬天又太冰凉。只需铺设一些十字形小径，中间都种上草坪，草坪一定要勤加修剪，但不能修得太短。宴会厅一侧转过来的房间可以全部作为陈列室，陈列室那一排要建三到五个穹顶，距离相等，装上不同图案的彩色玻璃窗。而在住家侧翼那边的房间则用来作为会客和普通的宴客厅，还要有几间卧室。这三面都应当是两排房间，中间一条走廊，这样有些房间上午有光，而另一些房间则下午有阳光直射。还可设计成部分房间适合冬天居住，另一部分则适合夏天居住的，阴凉的房间留作夏日用，而温暖的则冬天住。你可能曾经见过一些特别漂亮的房子，满是玻璃，弄得你都无法区分何处可以躲太阳或避开寒冷。至于凸出的窗户，我认为它们很实用——不过在城市中，为了朝街一面的整齐，平窗会更好，它们可以变成漂亮的会议间隙休息处，另外它们还能遮挡风和阳光，因为这样本来可能会穿透整个房间的光线便只会照到窗户处了。但不要建太多凸窗，整个庭院里有四扇就够了，而且都要建在侧面。

这个院子往外还需再建一个朝内的庭院，大小和高度都一样，此院四周被花园围绕着，院子内修建漂亮的拱形回廊，回廊要与二楼等高。将朝向花园的底层改建成地下室或是庇荫处、夏蛰室，只需将门和窗户朝着花园开，与地面平齐，不要陷入地下，这样便能避免潮气。此处庭院中央要么建个喷泉，要么竖一座漂亮的雕塑，地面铺设的方法与之前的庭院一样。此处的建筑两侧都是专用客房，远端则是私人陈列室，不过你得提前将其中一间房用作医务室，以防如国君这样的贵客生病时用。医务室与会议室、卧室、候见室、休息室都连在一起，这些都设在二楼。而一楼和三楼都应该有立柱支撑的漂亮走廊，可以再其间欣赏花园的美景，呼吸新鲜空气。远端建筑的两个转角处设两个精致华贵的珍奇室，地面铺陈讲究，挂饰奢华，窗户用水晶玻璃装饰，中间则是华丽的穹顶，以及其他你能想到的典雅饰品。如果此建筑的条件允许，最好能有喷泉从上层走廊的各处墙中汩汩而出，加上精致的出水口。

这大概便是这座宫殿的模型了，不过你在进入宫殿正面之前，还要穿过三个庭院。一个庭院种满绿色植物，周遭有墙；第二个庭院也一样，但有小角楼装饰，或在墙上加以其他饰品；第三个庭院会在建筑正面构成广场，但侧面没有建筑，也没有墙壁，三面只用比地面稍高、装饰得很漂亮的露台环绕，露台内建有柱子围成的回廊，但柱子间不用圆拱。

至于办公场所，要将它们建在离宫殿稍远的地方，用低矮的走廊连接到宫殿。

46 论园林

无所不能的上帝最先修建的是一座花园，这的确是人类最纯粹的愉悦之一，对于人类的灵魂而言是最能重焕生机的所在，缺了它们，任何宫殿或其他建筑都不过是难看的人工造物。人们终有一天会看到，当时光流逝，人类变得更加文明典雅，每每建造壮观宅邸时，便会加建精美的花园，就好像只有园林艺术才能令建筑更加完美。

我必须坚持，园林艺术的第一要义便是，花园的种植需考虑到所有季节，每季都要有一些正当时令的美丽花草。如从十一月末到一月，你就要种上些冬季也葱绿的植物：冬青、常春藤、月桂树、杜松、香柏、紫杉树、松树、冷杉、迷迭香、薰衣草、白色紫色蓝色的蔓长春花、留兰香、菖蒲、橘树、柠檬树。另外，如果有温室，还可种植桃金娘，在向阳的地方种上甜墨角兰。接下来，在一月末到二月，便有那时开花的欧瑞香树、黄色或灰白色的香菖兰、报春花、银莲花、郁金香、风信子、蝴蝶花和贝母。到了三月，便该是紫罗兰的季节，特别是那种最早开花的单瓣紫罗兰，以及黄水仙、雏菊、杏花、桃花、山茱萸和多花蔷薇。四月开放的是重瓣白色紫罗兰、桂竹香、康乃馨、欧洲樱草、矮株鸢尾、各种百合、迷迭香、郁金香、重瓣芍药、白水仙、法国杜鹃、樱桃花、大马士革李花、欧洲李花、正抽叶的英国山楂和丁香树。五月和六月是各色石竹绽放的季节，特别是那些红色石竹。所有的玫瑰均会绽放，除了晚季的麝香玫瑰，还有忍冬花、草莓、牛舌花、蓝花耧斗菜、法国金盏花、结果的樱桃树、无核小葡萄、无花果树、覆盆子、葡萄花、盛放的薰衣草、白花女神草、碎花香草、天香百合、开花的苹果树。七月便是各种香石竹、麝香玫瑰、开花的青柠树、挂果的早季梨树李子树和苹果树。八月则是结果的各类李子树、梨树、杏树、黄花浆果、欧洲榛果和甜瓜香瓜，以及各种颜色的僧冠花。九月就是葡萄、苹果、各种颜色的罂粟花成熟的季节，还有蜜桃、油桃、山茱萸等。十月和十一月有成熟的欧山楂、布拉斯李子、嫁接之后晚熟的玫瑰和各种蜀葵等等。以上这些植物都是就伦敦的气候而言，但我的想法已经表达得很清楚了，你应该因地制宜地种出“永恒的春季”。

正因为鲜花绽放时飘荡在空中的香气（与婉转音乐一样时断时续）远比折下枝头后更甜美，要想真正享受园林的乐趣，便定要去了解种植何种鲜花和植物能令空气飘香。大马士革红玫瑰的幽香最难寻觅，你甚至可能走过一排玫瑰却完全闻不到它们的甜香，即便浸润在清晨的露水中也难觅其芬芳。生长的月桂也一样不会散发香气，迷迭香和墨角兰的气味也不浓郁。在所有花草中，香气最浓郁的是紫罗兰，特别是白色重瓣紫罗兰，每年会盛开两次：四月中旬和圣巴托罗缪节前后。仅次于它的是麝香玫瑰，接着是草莓叶子凋零时散发出的那种极为美妙的甜香。接下来是葡萄花，就如一团粉尘，开在刚刚冒芽的葡萄果柄上。然后是多花蔷薇和桂竹香，如果摆在客厅外或会客室的矮窗下面会很讨喜。接下来是石竹，特别是那种丛生石竹和麝香石竹。接着是青柠树的花和忍冬花，但忍冬花一定要离得远一些。暂且不谈各种豆科的花，因为它们属于庄稼中的花卉。我要提的是那些与其他经过时闻到花香的花卉不同，只有在被踩踏时才会散发出迷人香气的花朵，这类花共有三种：小地榆、野百里香和水薄荷。因此，你可以整条小径都种上它们，这样当你散步或踏过花丛时，就可以好好享受一下了。

说到园林的建筑（和房屋一样，我这里探讨的是王公贵族住所的园林），花园的大小一定不能少于三十英亩，并分成三个部分：入口处是绿色草坪，最远处是看似荒凉的旷野，主花园则在这两部分之间，两侧还另有小径。我倾向于绿色草坪占其中的四英亩土地，六英亩是荒野，主花园两侧各有四英亩别苑，主花园则占地十二英亩。草坪能带来两种乐趣：第一，没什么比修剪整齐的绿色草坪更能让人赏心悦目的；第二，草坪正中可以修建一条漂亮的小径，通过小径，你便能走向环绕着花园的宏大树篱。不过因为这条小径肯定会很长，到了一天或一年中正热的时候，你不该为了享受花园中的绿茵而不得不在阳光下穿过草坪。因此，便须在草坪的两侧让木匠搭上大约十二英尺高的荫蔽小径，这样你就能在树荫下步入花园了。至于用不同颜色的泥土做一些图案或花纹放在房舍朝着花园一侧的窗下，只不过是小孩子的玩意儿，你肯定在水果馅饼上就已经见过同样漂亮的图案了。花园最好是方形，四周都由高大的树篱环绕着。拱门用木柱子支撑，大约十英尺高，六英尺宽，拱门之间的间隔与拱门的宽度相当。拱门上方最好有四英尺高的完整树篱，树篱的框也由木头打造，在高树篱上每个拱门顶部可以嵌上小角塔，角塔的空间正好能容纳一笼鸟。拱门之间则弄点别的装饰，贴上圆形镀金玻璃片好折射阳光。但我的意图是，整个树篱都要建在斜坡上，不陡，一段大概六英尺的缓和斜坡，上面种满了鲜花。据我的理解，这座四方形的花园不需要种得满满当当，最好两侧都留出足够的地方好建各种旁径，前面提到的草坪边的小径就能与这些旁径相通。但在这片主花园的两头，绝不能沿着树篱修小径：不能在近端修，要不然便会遮挡你从草坪看向树篱的风景；也不能在远端修，这样就会挡住从荒野通过拱门看进来的风景。

在巨大树篱内，园林的土地该如何布置，大家可以自行安排。不过我要建议的是，无论你打算将园林布置成什么样子，首先，一定不能让草木过密，或修剪太过，我自己就不喜欢将杜松或其他植物修剪成特定的形状，这是幼稚的审美。我比较喜欢低矮的树篱，像是圆圆的镶边，植物修剪成漂亮的金字塔状，或者在有些地方让植物缠绕木柱。我还偏爱宽敞漂亮的小径，你可以在侧面修一些狭窄的小径，但在主花园里绝不可如此。另外，我还希望在花园中央有一座漂亮的小山坡，有三条阶梯和小径，可供四人并排行走，这些小径最好是完美的环形，不需要任何屏障或凸起，整座山大概三十英尺高，山顶建一座精美的宴会厅，几个排列整齐的烟囱，无须太多玻璃。

喷泉的确是极美丽又能令人心旷神怡的景观，而池塘则会破坏景观，容易招来蚊蝇和青蛙，毁掉花园的整体景观。我想喷泉最好是以下两种：要么就是水雾喷泉，要么就是一潭碧水，后者要有三四十英尺见方的水潭，但不能有鱼、淤泥或尘土。第一种喷泉用常见的大理石或镀金铜像做装饰都不错，关键之处是如何控制水的流向，让它既不会积在雕像底座，也不会流进蓄水箱，切不可让水流因为静止不动而产生偏红或偏绿等奇怪颜色，也不能长出苔藓或腐坏。除此之外，每天都得有人专职清理。喷泉边修几级台阶、铺些漂亮地砖会让人眼前一亮。至于第二种喷泉，我们可以将它称作泡澡池，它本身带着新奇感和美感，因此我们无须多虑，只要池底铺得漂亮些，有些图案，侧面也一样，再用彩色玻璃美化一下，用上此类增光添彩的装饰就够了，再用精致的扶栏或矮雕塑围起来。和前一种喷泉一样，最关键的问题在于要保持水的不断流动，水自高处流下来，通过漂亮的出水口进入水潭，然后从具有同等排水量的孔中排到地下，这样就不会有死水了。至于那些更精巧的设计，让水划出弧线喷出来却不会溅到喷泉外，让水喷出不同的形状（如羽毛、酒杯、顶篷等等），这些的确很漂亮，但对人的健康和好心情毫无裨益。

至于我们园林计划中的第三部分——荒野，我希望它完全按照自然的野趣而建。最好是一棵树都没有，有些欧石楠或忍冬花的灌木丛就可以了，其间再点缀些野葡萄树，草地上则种些紫罗兰、草莓和樱草花，这些花都有甜香，在背阴处也能开花。这些花要随意栽种，不要太刻意。最好还要有些小土堆，那种天然的鼹鼠土堆（就跟天然荒野中一样），有些土堆上种野百里香，有些种上石竹，有些种上地胶苦草等令人悦目的花朵，再种些蔓长春花、紫罗兰、草莓、西洋樱草、雏菊、红玫瑰、天香百合、美洲石竹和熊掌嚏根草等等普通花草，既甜香又漂亮。土丘顶上有些部分种些小灌木，有些则不用。作为灌木的可以是玫瑰花、杜松、冬青、黄花浆果（随意点缀一些，因为它们的花朵气味不佳）、红穗醋栗、鹅莓、迷迭香、月桂和野蔷薇丛等等，但这些灌木丛一定要勤加修剪，让它们不要长得太乱。

主花园两侧的别苑，要建许多有树荫的隐蔽小径，任何时候太阳照进来都有荫蔽处可走。有些则要做成避风处，这样狂风吹起时，你便可以好像漫步在走廊上一样。这些小径两头也都要修好树篱来挡风，那些近些的小径都要铺上精美的石子，不要用草，免得露水沾湿鞋袜。同样，许多小径上都最好种些不同的果树，爬墙的和独立的都可以。但人们已经注意到，种植果树的隔断处一定要低矮而宽敞，不要有斜坡，间以漂亮的花朵，但切不可种得太密抢了果树的营养。我还建议在别苑的两头都有小高地，站在高地上院墙大概齐胸高，这样人们便可以远眺外面的田野了。

说到主花园，我不能否认两侧都应该有些漂亮的小径，道旁种上果树，有一些漂亮的果树丛，有乔木和树下的座椅，排列得整齐美观，但这些都一定不可太过繁复，主花园一定不要太闭塞，空气须流通而敞亮。至于荫蔽处，如果夏天或一天最热的时候，我会让大家在别苑的小径上休息或穿行，但一定要记住，主花园是为了全年气候最好的时节准备的，在炎炎夏日便只适合在清晨、傍晚或阴天闲逛。

我不喜欢在园子里放鸟笼，除非鸟笼非常之大，可以在笼中铺上草坪，种上植物和灌木丛，这样鸟类就有更大的活动范围，也能在自然环境中筑巢，放鸟笼的地上也不会有鸟粪之类的污秽物了。

以上就是我对王公贵族园林的设计，一部分是脑海中的设想，另一部分则是画出来的，算不上是模型，只是粗略的草稿。在此设计中我并未考虑花费问题，但王公贵族们一定不会在乎，因为他们大都是听听工匠们的建议，建的园子也不会有多便宜，有时为了气势宏伟还加上雕塑等等，却并没有造出真正令人身心愉悦的花园。

47 论协商

总体来说，当面协商好过书面协商，通过第三方协商好过亲自出马。

适合书面协商的情况有：对方也希望书面协商，或事后可能需要拿出自己的信作为证据，又或者担心被人打断、断章取义。适合当面协商的情况有：亲自出马能获取对方的尊重，就像通常上司与下属协商时那样；或者是在一些更需谨慎处理的情况下，亲眼观察对方的神态可能会知道该走哪一步；另外更普遍的是当人们想要保留转圜余地，以防自己会毁约或要进一步阐述。

至于中间人的人选，最好选择更加平凡之人，更可能忠君之事，成功之后也会老实汇报，而不要选狡猾之人，他们会借他人的事务来为自己捞好处，为达此目的，届时只会报喜不报忧。另外，用那些本身就乐意帮忙去协商的人能够事半功倍，需注意根据所要协商的问题来选择适合的中间人。如果是去警告对方，便要请胆识过人的中间人；如果是去说服对方，便要请舌灿莲花的中间人；如果是去试探、观察，便要请有心计的中间人；如果要协商本就不太光明正大的事情，则需要找个固执而愚钝的中间人。请那些运气不错、曾在为你居中斡旋时获得成功的人，因为成功会让他们更加自信，更加坚持己方的立场。

开始协商时，最好不要单刀直入，而是周旋试探一番再说，除非你本来就打算让他措手不及。与对你有所图的对手协商，要比无欲无求的对手容易得多。如果协商的条件已经谈妥，那么谁先迈出第一步就是最重要的问题。很难合理地要求对方首先履行协议，要么协议本身就要求对方先行动；或是说服对方，自己还会在其他事情上与之合作；又或者可以向对方证明自己更有诚信。

所有的协商策略都是为了更加了解对方并利用这一点办成事情。人们在交付信任、激动万分、疏于防备，以及想要办成某事却又不好言明时，都会暴露自己的想法。如果你想要在某人身上做文章，就得了解他的天性和倾向，并借此引导他；或是得知道他的最终目的，并以此说服他；或是抓住他的弱点和短处，并让他刮目相看；或是找出他真正感兴趣的东西，并借此控制他。在对付狡黠之人时，我们永远都要考虑到他们的目的是什么，去了解他们言语中暗藏的真正含意。在他们面前最好不要多言，更不能透露他们想要了解的关键内容。在艰难的协商中，你绝不能急于求成，一定要耐心准备，等待时机逐渐成熟。

48 论追随者与友人

身价过高的追随者不值得喜爱，因为尾巴翘得太高的人往往翅膀都不怎么硬。当我说身价过高时，不仅仅指那些会让你花太多钱的人，也包括那些不胜其烦、要求过多的人。普通的追随者应该只求主人的赞同、表扬和庇护，而不应有更高的要求。更别提那些喜欢拉帮结派的追随者，他们投靠你不是因为对你有何尊崇，而是出于对其他人心怀不满。这样通常会导致我们常见到的大人物之间的误会。同样不值得喜爱的还有爱吹嘘卖弄的追随者，他们会变成小号手，大肆鼓吹主人的功绩，却只会带来麻烦，因为不能保密而有损你的事业。他们想分享主人的尊贵，却只会为主人带来妒恨之心。还有一种追随者也很危险，那就是间谍，他们会刺探出主人家的秘密，再带着秘密去找他人。然而这样的人很多时候非常讨人喜欢，他们殷勤得很，又总能把别家的秘密说给主人听。

至于追随者们都是与大人物自身的职业密切相关的情况（例如在战争中曾经跟随他打仗的士兵们等等），人们通常认为是恰当的，即便是君主也认可，只要追随者排场不要太大，人数不要过众。而最值得尊重的则是去追随那些希望能够让每个人的德行都得以提升的人。不过，如若追随者的品性并无太大差异，那么宁愿选择更普通的而不是更能干的。再说了，不必讳言，在世风日下的时代，积极主动的人要比品德高尚的人更有用。

的确，作为政府，最好是对同级人员一视同仁，因为若对某人特别青睐，既会让他变得傲慢无礼，也会让其他人心怀不满，毕竟都希望得到同等权利。与此相反，在培养亲信时，最好亲疏有别有所选择，这样才会让受宠之人心怀感激，而其他人则更加勤勉，因为一切都取决于主人的青睐。谨慎的好办法是，一开始对任何人都不可给予太多，因为以后很难维系此等份额。

就像我们所说的，受人摆布会很危险，这样容易显得你软弱无能，并导致流言蜚语、中伤诽谤肆意横行，即便是那些不喜说三道四之人，在谈到大人物时也会更无所顾忌，同样会损及他们的名声。比受人摆布更加糟糕的是受很多人的影响，这样你就只不过是已经经历了多番修订的最后印象而已。听取少数可靠朋友的建议总是可敬的，很多时候旁观者清而当局者迷，身处山谷才能一窥山峰的全貌。真正的友情世上并不多见，更罕见的是旗鼓相当者间的友情，且一直被世人夸大。最好便是上下级之间的友情，这样他们才能休戚与共。

49 论求情者

有人愿为不正当的事说情，真是有损公利。即便是正当的事项，也可能被不怀好意的说情者应承下来。我所指的不仅是腐败堕落之人，还有那些奸诈狡猾、只应承却不去做的人。有些人应承帮忙后，从未打算实际帮助委托人，但如果能够从中获得其他好处，比如一笔感谢费、分点奖赏，或者能利用一下委托人的希望，他们就心满意足了。另一些人帮忙求情则是为了得到机会以达到别的目的，或是找个理由为他们真正想办却不好开口的事情铺平道路，其实根本不在乎所应承之事能否办成，简单说来，就是将他人所托之事当成借口来办自己的事。甚至还有说情者受人托付的目的，就是为了让此事失败，好讨委托人的对手或竞争者的欢心。

毫无疑问，每一桩委托都隐含着某种权利。在调节争端的委托中，便是公正的权利；在帮人获得职位的委托中，则有任免的权利。如果因为私人感情而想要偏袒本来理亏的一方，那最好是运用自己的影响力来让双方做出妥协，而不可就此裁断；若私心偏向资格不如对手的人，那么也不要斥责或贬低更合适的人选。

如果所求之事自己不甚了解，最好是去咨询信得过、有判断力的朋友，才能知道自己接受委托是否能不失体面。但一定要谨慎选择咨询的人，否则便可能被人牵着鼻子走。

求情者最痛恨的便是拖延和欺骗，因此最好是一开始就坦诚相待，要么拒绝，要么随时告知对方结果。绝不可索取额外的酬劳，这样不仅会令你更值得尊敬，也是仁厚之举。在帮忙获得特许权的情况下，不要因为对方最先来找你就一定帮他。不过应该顾及此人的信任，因为若不是因为他，你可能不会得知这一消息，最好不要借机谋取好处，而是指引对方另寻他法，并找机会回报他。

头脑简单才会不清楚所托之事的价值，不讲良知才会不在乎所托之事正确与否。保密是求情成功的重要手段，因为鲁莽透露消息也许能够让某些人知难而退，却可能会令其他人加快脚步或是随后入局。

然而最主要的还是时机问题，我说的时机不仅仅指要考虑做决定之人的情况，也要考虑有可能反对提议的人。至于如何选择帮你求情的中间人，最好是挑那些适合的，而不是最有权势的；选择那些专注处理某些事情的，而非那些掌管大局的人。只要被拒绝后不垂头丧气、不心怀不满，有时因为拒绝而做出的补偿，甚至会与第一次批准之后所得相当。如果某人甚得欢心，“不妨狮子大开口，所得便一定不会少”对他来说是一条不错的原则；如若不然，那么就最好不要所求太多，因为那些受托者可能一开始冒险拒绝求情人，但不会到了最后既得罪求情人，也让自己之前帮的忙都白搭。人们总以为求身居高位的人写封推荐信不过是举手之劳，但如果举荐理由不够充分，那就只会败坏他的名声。那些以牵线搭桥为生的掮客是最可鄙的角色，他们就是损害公共事务的毒药和病菌。

50 论学识

学识令人心神愉悦，谈吐优雅，能力出众。心神愉悦最能在独处幽居时体现，谈吐优雅最能在演讲雄辩时体现，而能力出众则最能在处理事务的判断力和布局上体现。尽管专业人士可以对某些具体事物进行处理甚至做出判断，但对大局的考量、做计划安排工作等则最好由有学识之士来做。

只知埋头苦读不愿干事是懒惰，将学问全用在华丽辞藻上是做作，只会照搬书本是书呆子气太重。虽然学识能让你的天性更完美，但能让学识更完美的则是经验：天生的能力就像自然生长的植物，需要用学识来修剪培育，而学识本身又容易让人变得漫无目的、夸夸其谈，只有通过实践经验才能变得脚踏实地。狡诈之人蔑视学识，愚蠢之人崇敬学识，明智之人则运用学识。书本不会教你如何运用知识，那是通过潜心观察才能获得的、书本之外又高于书本的智慧。

不要只是为了辩驳而读书，也不要尽信书中言论，更不要仅为摘录字句为己所用而读书，一定要仔细斟酌思考。有些书浅尝便可，有些需要囫囵读完，少数书籍值得仔细咀嚼消化。也就是说，有些书选取部分读过就好；有些值得一读，但不用太费心思；而少数书籍则须完整阅读，用心体会琢磨。还有些书可以由他人读完后做摘要供你参考，但这个方法只用于不太重要的论点和平庸的书籍，否则，提取书籍精华就如同平民们提取的蒸馏水，寡淡无味。

读书能让人成长，探讨能令人完备，而笔记则令人严谨。如果笔记做得少，那就得有极好的记性；如果探讨得少，就必须要有当场应变的机智；如果书读得少，那就只有狡诈一些才能显得自己好像懂得很多。

读史使人明智，诗歌令人诙谐，数学让人敏锐，自然哲学令人深沉，而道德哲学则使人肃穆，逻辑修辞令人长于争辩。“学识影响举止”，不仅如此，就连心智上的障碍都能由恰当的学习来弥补，就像恰当的运动能够治疗身体的疾病一样。保龄球对肾脏有好处，能治结石；射击对肺部和胸腔有好处；缓步慢走对胃好；骑术则对头脑大有裨益；如此等等。同样，如果一个人容易走神，就让他学习数学，因为在证明过程中一旦稍有走神就得从头算过；如果他不太能分辨细微的差别，那就让他学习经院哲学家的著作，它们精细得连头发丝都要分开；如果他不知如何穷追猛打，也不知如何用一件事去证明或解释另一件事，那就让他学习一下法律卷宗。因此，心智的各种缺陷也都有特殊的药方可医。

51 论派系

很多人都持有一种并不明智的想法，以为不论是国君治理国家，还是王公贵族治理手下，都需要考虑到不同派系的利益，这是治理方针中的主要部分。然而恰巧相反，最明智的治国之策是在涉及大众的问题时，先拟好不同党派的人无论如何都会听从的决定，或是在涉及具体某个人时，有针对性地解决个别问题。我并非提倡要忽略对党派的考量，普通人在不断晋升的过程中必须依附于人，然而那些本就位高权重之人已有足够能力，最好是保持中立不偏不倚。但即便是在初入党派时，也要注意保持温和立场，如果你能成为一个党派中最能让另一个党派容忍的角色，通常最能仕途亨通。

一般来说，地位更低、权力更弱的党派会更加团结，因此我们才会常常见到小而顽固的党派令大而温和的党派精疲力竭。

一旦有个党派终于解散，那么获胜的党派内部也会分立山头。就像卢库鲁斯与元老院（亚里士多德称之为“贵族派”）

在一段时间里抵抗住了庞培和恺撒联盟，但当元老院的权力被剥夺，恺撒和庞培便在不久之后分道扬镳。安东尼和屋大维也曾在一段时间内联手对付布鲁图和卡西乌，然而当后者被推翻后没过多久，两人的联盟也即崩溃，各自为战。以上两例虽均为战争实例，但同样的道理也适用于普通党争，因此党派中位居第二梯队的人物时常在党派分裂后成为新的领袖，但很多时候也会被弃若敝屣，因为很多人最擅长的是与对立党派斗争，当对立党派瓦解之后，他也就没有用处了。

我们也常见到有些人一旦在党派中获得足够地位，便与对立党派有所勾连——他们琢磨着既然在本党派的地位稳固了，便可以追求新的东西了。派系中的叛徒常常能全身而退，如果两派实力旗鼓相当，是否能争取到某一个人可能就会决定胜负，因此，对立党派会对叛党之人感激不尽。持中间立场的人不一定全都是赞成党派调和的，有些人只是为自己考虑，想借机利用两派之争捞好处而已。如在意大利，毫无疑问他们就一直对教皇抱着怀疑态度，认为后者虽然嘴里念叨着“我们共同的父亲”，但用这个称谓只不过是想将所有的成就都归功于他自己的家族而已。

国王们需要小心选择自己的偏向，一定要自成一派，因为在君主国家中，任何党派的存在都会有损王权，他们对党派的义务会高过对主权者的义务，这样，国王就不过是“我们中的一员了”，就像法兰西的天主教同盟那样。当党派的地位过高、锋芒太盛，就标志着国君的孱弱，对他们的权威和国事都有所损害。在国王治下的各个党派的运行轨迹（就像天文学家所说）应该类似行星，虽然也有自转，但一定会安静地由第一运动的更高动力支配。

52 论礼节与礼仪

不拘小节、真性情的人需拥有不凡的德行，正如不加金银嵌饰的宝石定要无比珍稀才行。但如果细心观察，你会发现人所获得的赞誉跟赚钱很相似，谚语说得对："积少成多，小钱也能攒出满满当当的钱包。"小小获利的机会很多，而能大赚一把的机会却极少。同样，平时的小作为也能获得巨大的褒奖，因为这些体现小德行的事可以一直持续并受人关注，而能体现伟大德行的机会却像节日一样难得。如果总有良好礼仪，既能让你的名声更响亮，又如伊莎贝拉女王所说，是长久有效的推荐信。

想要达到这种境界，几乎只要做到不轻视礼节便可，因为倘能如此，只要留心观察他人的言行举止，然后有自信地照做就够了。如果他为了体现出礼貌用力过猛，便会失去优雅风度。这种风度应该由内而外，真诚自然。有些人的表现就像精雕细琢的诗篇，每一个音节都经过了仔细思忖，然而一个耗费了太多心智在琐碎之事上的人，又如何放眼全局谋划大事呢？

完全不顾任何礼节，这是在教他人根本不必再以礼待人，只会丧失别人对自己的尊敬，特别是在陌生人面前和正式场合，一定不可失礼；然而总是纠结于礼仪，将它们提升到无比的高度，不仅会令人厌烦，还会令听众对讲话人丧失信心，降低他的可信程度。当然，也存在有效且令人印象深刻的表达赞赏的方式，如果真的能做到，就一定能起特殊作用。

在朋辈之间，人们相互之间肯定熟稔亲热，若能保持庄重便是好事；在上司面前，人们一定会毕恭毕敬，若能随和一些效果更佳。那些在任何情况下都特别讲究礼数的人只会让人觉得厌烦，从而使自己流于庸俗。集中精力关注他人是件好事，但一定要表现出自己是出于尊重而非出于某种目的才这么做的。总体来说，附和他人是个很好的准则，不过还要加上点自己的看法。比如，若你要同意他的观点，最好还加上点不同意见；如果你将会按照他的提议行事，便需要加上前提条件；如果你听从他的建议，也需再提出更深入的理由。人们必须小心，切不可在赞赏面前显得过于完美，因为他们虽然不可能真的无可指摘，但嫉妒他们的人定会这样说，反而让他们显得没有那么高尚。在行事时过于毕恭毕敬，或过于在乎时机和场合也会让你失败。就像所罗门曾说过的：“看风的必不撒种，望云的必不收割。”真正的智者不是寻找机会，而是创造机会。人们的行为就该像他们的服装那样，无须太过拘泥苛求，只要能行动自如就好。

53 论赞扬

赞扬是块明镜，反射着德行，然而镜中的模样既取决于德行的本来面目，亦取决于镜子玻璃的材质。若是平庸大众的赞扬，恐怕并不真实，意义不大，他们无法理解诸多非凡的美德，只会追随浅薄虚浮之徒而非品德高尚之人，简单的德行便能让他们赞不绝口，普通的德行就能让他们充满崇敬和震惊，而真正的高贵德行他们根本无从领悟，只有那些虚张声势的作秀表演才最容易被他们接受。毫无疑问，名声就如一条大河，只能载动虚浮夸张之物，真正厚重坚实的德行反而会被淹没其中。然而，若能得到有识之士的交口称赞，那么这就如《圣经》所说，“名誉强如美好的膏油”，将会传播四方，久久不散，因为香膏的芬芳比花香更加持久。

赞扬中有诸多假象虚伪，对其有所怀疑也属正当。有些称赞只是为了阿谀讨好。若是普通的奉承者，大概会用上些对每个人都适用的话讨你欢心；但要是个狡猾的家伙，他便会顺着最大的奉承者也就是你自己的话来说，你越是觉得自己某方面优异出众，他们便越是会在这一点上赞美你。而那些粗鄙的奉承者则会寻找人们认为你最有缺陷、最不认可之处，再冠之以“虽非德行，但不得已而为之”的借口。有些赞美源自善意的期待和尊重，这是对国君与位高权重之人的礼节之举，“以赞为教”，人们通过赞扬他们的美德来表达对他们的期望。另一些称赞则充满恶意，实为伤害他人，为他人招致嫉恨。“最凶恶之敌为满口称赞之人。”甚至连希腊人都有这么个说法，被人恶意称赞的人鼻子上会长个脓包，就好像我们英国人说撒谎之人舌上会生疮一样。毫无疑问，只有在适当的时机进行适度而非粗俗的赞赏，才对人有所裨益。

所罗门曾说：“清晨起来，大声给朋友祝福的，就算是诅咒他。”过于夸大人物或事件都会引人反感，并招致嫉妒和蔑视。自我称赞除了在极其罕有的情况下，总是不得体的，然而若赞颂自己的职位或行业，倒是很体面，甚至还能显得高尚。罗马的红衣主教们都是神学家、修士和经院哲学家，他们将有关战争、外交、司法的各类职业都称为“sbirrerie”，意思是低级行政事务，就好像这些工作只应该是低等治安官和法警们的活儿，体现出对各类世俗事务的明显蔑视。然而在诸多情况下，这些“低级行政事务”却比主教们的高等思辨更有益处。圣保罗在自夸时常会说“依我愚见”，只有谈到自己的使命时才会说“所以敬重我的职分”。

54 论虚荣

伊索的寓言真乃妙笔，坐在大车轮轴上的苍蝇竟会感叹：我扬起的灰尘有多高啊！虚荣之人与这只苍蝇一样，不论事务如何自行运转或借助更宏大的力量推动，只要跟他们有一丁点沾边，便认为自己才是那个关键人物。那些沽名钓誉之徒定会同样热爱派系斗争，因为只有相互攀比才有虚荣的一席之地。此类人物定然牙尖嘴利，才可将夸耀之事说得活灵活现。他们定然无法保密，所以并不可靠，法兰西的一句谚语描述的正是这种人："越吵吵嚷嚷，成就便越少。"

然而，这类脾性在民政事务中却也有用武之地，这一点毋庸置疑。如果需要为某种德行或丰功伟绩制造声势，这些人便会是更优秀的鼓号手。再说了，正像李维在谈论安条克三世与埃托利亚人的故事时曾说过的那样，于双方国君之间游说协商，若能两面周旋，时常会效果卓著。例如，若想要让双方结盟与第三方开战，那么便要向一方夸大另一方的实力，反之亦然。有时，在两人之间斡旋的中间人，如果假装自己在另一方面前具有更强的影响力，他便能获得更多信任。在诸如此类的情形下，虚浮之人的确从无中生出有来，因为谎言便已足够酝酿出意见，而意见则能产生实质效果。

虚荣对于军队的将领和士兵而言极其重要，因为正如玄铁磨玄铁，可令双方都更加锋利，通过相互激励，一人的勇气也能鼓励另一个人。而在需要付出代价和冒险的伟大事业中，热爱虚荣的个性的确能令人专心投身其中，而那些坚定而冷静的人则更像是压舱物而非扬起的风帆。至于学识名望，若没有几片卖弄的羽毛，恐怕也难攀到高峰。“那些写书论证荣耀是如何不值一提的人，也会小心翼翼将名号落于扉页。”苏格拉底、亚里士多德和盖伦亦都是自夸之人。虚荣的确能够帮人青史留名，而人的天性从不会对德行本身刮目相看，人只有因为世人皆称颂其德行才会获得他应有的荣光。如若不是西塞罗、塞内加和小普林尼有些虚荣的性子，他们也不可能流芳至今。虚荣就如涂上清漆，不仅能让屋顶闪闪发光，还可更加持久。

我所谈论的虚荣并非塔西佗对穆奇阿努斯的定性：“此人有种特殊技艺，可以将其所言所行都变为伟业。”这种技艺并非出于虚荣，而是出于真正的高尚和谨小慎微，对某些人而言，此等高尚与谨慎不仅优雅得体，还显得宽厚仁慈。谦恭、宽容与谦逊若运用得当，便都是值得自夸之精巧技艺。在这些技艺之中，最绝妙的莫过于小普林尼曾说过的，若发现他人有已趋完美的任何优点，便定要慷慨地赞扬对方。普林尼的原话极为机智：“赞赏他人便是夸奖自己，因为被你夸奖之人的优点要么胜于你，要么不如你。若他不如你又获得了赞誉，你便更应得到赞誉；若他胜于你却未获赞赏，你就更不该受到谬赞了。”

虚荣之人会被明智者鄙夷，被愚昧者敬仰，被寄生者视为偶像，却终将成为自己吹嘘之语的奴隶。

55 论荣耀与名誉

获得荣耀不过是人的德行和价值得到了完善的显现。有些人的所作所为只为得到认同，获得荣耀和名誉。这种人常会成为他人谈资，却很少得到真心的尊敬。相反，有些人则在展现德行时掩饰其荣光，导致人们低估了他们的价值。如果某人敢于尝试人们不曾尝试之事，或尝试却失败，或成功了却不算特别圆满，相较于那些虽达成了更艰难的事或体现出更伟大德行，但只是借助前人之力的人而言，前者理应得到更多荣耀。若有人能冷静持重，以某种方式令各党各派、各路人马都满意，为他所奏之乐也会更加和谐。

一个不知如何控制自己荣耀之心的人，若鲁莽行事，失败所造成的颜面尽失可能比成功带来的荣耀更甚。在战胜对手令其相形见绌后获得的荣耀最为璀璨，犹如雕琢成无数切面的钻石。因此，人该尽力获得比所有对手更高的荣耀，如果可能，最好在他们最擅长的方面战而胜之。

谨慎的追随者和仆役们有助于获得个人名誉。“一切名声都由仆人而起。”嫉妒最能令荣耀化为乌有，为消除旁人的嫉妒之心，最好宣称自己的目标是追寻美德而非盛名，将自己的功绩归功于天意和上帝的垂爱，而非自己的德行或才能。

君主的真正荣耀可分为以下几类。第一等的荣耀应该归于那些开疆立国之人，如罗慕路斯、居鲁士大帝、恺撒大帝、奥斯曼和伊斯迈尔。第二等的荣耀则该归于那些立法者，他们也被称为第二奠基人或“永恒统治者”，因为即便离世之后，他们的法条仍然统治着后世，如莱克格斯、梭伦、查士丁尼、埃德加以及阿方索十世这位颁布了七部西班牙律法的明君。第三等的荣耀则该归于国家的解放者或拯救者，如那些将国家从经年不息的内战困苦中解救出来的人，以及那些将自己的国家从异族或暴君的奴役之下解救出的人，例如奥古斯都、苇斯巴芗、奥勒良、狄奥多里克、英格兰亨利七世和法兰西王亨利四世。第四等的荣耀应该归于帝国之斗士们，也就是那些在正义战争中开疆扩土，或在外敌入侵时击退敌人的人。最后一等的荣耀则是给予明君贤帝的，他们在位时公正无私，创造出太平盛世。以上两类无须再举例，因为这样的例子不胜枚举。

重臣将相之荣耀也分以下几类。第一等为股肱之臣，他们为国君们分担最重要之国事，我们常将他们视为国君的左右手。第二等则是战争中的伟大将领，他们是国之良将，在战场上骁勇杀敌。第三等是心腹亲信——只要他们能够给君王带来慰藉又不至于祸国殃民。第四等则是国家重臣，身居高位辅佐君王，且能圆满自如地完成职责的臣子。另外还有一等虽应该被列为最崇高的荣耀之一，却罕有发生，那就是在危险甚至死亡面前，为了自己的国家而勇于牺牲之人，如雷古鲁斯以及德西乌斯父子俩。

56 论司法体系

法官们须谨记，他们的职责是司法而非立法，是解释法律，而非制定或颁布法律。否则司法权便会变为罗马教廷声称拥有的那种权威，以解释《圣经》为借口，不仅进行增删和修改，甚至还宣布那些根本找不到依据的内容，通过昭示古籍来引入新政。法官应该机智过人，但更应学富五车；应明辨是非，但更应令人崇敬；应有自信，但更应消息灵通。除以上品质，刚正不阿才是他们最重要的德行。摩西律法中曾说，“挪移邻舍地界的，必受咒诅”。挪动那块界碑的人固然应该受到责备，然而，如果法官对土地和财产的界限划分错误，这种不公正的裁决才是界碑被挪动的罪魁祸首。一例错误的判决造成的伤害，比由许多宗罪造成的伤害更甚，因为后者腐蚀的是河流，而前者腐蚀的则是水流的源头。正因如此，所罗门才说：“义人在恶人面前退缩，好像踏浑之泉，弄浊之井。”法官们的职责涉及以下四类人：诉讼当事人、控辩双方的代理律师、他手下的书记员和司法人员，以及他们的上级——君主或政权。

第一是诉讼当事人或事由。《圣经》曾说，“你们这使公平变为茵陈”，肯定也有人将判决变为食醋，因为不公正会令判决苦涩，而拖沓延迟则会令其酸楚。法官最主要的职责便是压制暴力和欺诈，暴行越是公开就越邪恶，而欺诈则是越隐秘鬼祟便越害人。然后还有那些为一点小事就闹上法庭的，这些就该像吃了过量的食物要赶紧呕出一样不予受理。法官为做出公正判决需要充分的准备，正如上帝在造物之前先将高山峡谷都填平一样。因此，当有一方看上去飞扬跋扈、诬告、用狡计取得优势、相互勾结、利用权势、请强悍的律师等等，那么法官的德行便体现在将此等不公造成的差距抹平，这样，他的判决才能公正无偏私。“扭鼻子必出血”，而榨葡萄若用力过猛，葡萄酒就会掺入葡萄核的苦味，失去香甜。因此法官在面对重刑和不太合理的推断时尤应慎之又慎，因为没有什么比用法律来凌虐人更糟糕的。特别是涉及刑法时，一定要谨慎，切不可将用来威吓民众之法变为酷刑，不可往人民头上撒那《圣经》中所说的天罗地网，因为刑法若责罪过苛，便是往人民头上撒下天罗地网。所以，如果刑法中的律条经久未用，或已经不适合当代，明智的法官就该限制其实施：“法官既要度势，也要审时。”特别是在涉及生死的事由中，法官们在法律允许的范围内进行公正裁决时定要慈悲为怀，对案件严苛看待，但对犯案之人则多行仁慈。

第二，至于代表控辩双方的律师们，在听取律师陈词时耐心而严谨是保证司法公正的基本组成部分，一个爱插话的法官就像一个荒腔走板的钹。法官若是提前打探他随后将会在庭上听到的消息，或是为了体现自己的果断明察而缩短呈庭证供或律师陈述的时间，或是因为提问——虽然提问与案情相关——而阻止对信息的充分阐述，这都是不得体的行为。法官在开庭时的角色有四种：引导证据的呈现；控制过于冗长、重复或与案情无关的陈词；概括、选择与核对之前陈词中的主要观点；做出判决或宣判。除了以上这些，其他任何行为均是过度参与，要么是太享受发言的虚荣，要么是不耐心倾听，要么是记性不好，要么是想求得与控辩双方同等的关注。真是奇事一桩，本来只有律师才应有的胆大妄为竟然在法官之间也如此流行，而他们效仿的对象本该是上帝。坐在上帝的审判席上，而上帝则是“拒斥放肆之人而施恩于谦卑之众”的。但更加奇怪的是，法官居然会有众所周知的偏爱之人，这只会造成诉讼费用的飙升和对他们内外勾结的怀疑。如果案情解决得当，诉求公平，法官就应当表示出对律师的赞赏、仁慈之情，特别是对即将败诉的一方，因为这样会在委托人面前提升律师的口碑，同时也可以让他减少几分对自己职业的自负。同样，如果律师奸诈狡猾、玩忽职守、无视有用信息、强词夺理或辩护时过于放肆，那么也应该由法官对其进行公开斥责。律师不可在庭上与法官争执，也不可在法官已经宣布判决之后再继续纠缠，用别的理由要求重审案件；但同时，法官也不可随意折中妥协，也不可落下话柄，被人说他并未认真听取律师的陈述或证据的呈现。

第三则涉及书记员和司法人员。法庭是神圣之所，因此，不仅是法官席，四周的庭院和法院高墙之内，亦都不可受丑闻和腐败的污染。正如《圣经》所说：“荆棘上岂能摘葡萄呢，蒺藜里岂能摘无花果呢？”如果书记员和司法人员敲诈勒索，法庭也便成为荆棘丛，而司法系统将结不出甜蜜的果实。法庭的工作人员容易受到四种恶势力的诱惑。第一种，有些人专门主动挑起诉讼，令法庭案满为患，而国家却日益虚弱。第二种则是爱让法院卷入司法权争端的人，他们绝非法院的朋友，而是其寄生虫。在帮助法庭越权管辖的过程中，他们便能渔翁得利。第三种是那些可以被视为法院“左手”的人，也就是那些满脑子都是阴险狡计的人，他们败坏法庭一清二楚的审讯过程，将司法体系扭曲成黑白难辨、错综复杂之物。第四种则是敲诈勒索诉讼费的人，正是他们的存在才让人们将法庭比作灌木丛，任何想要在狂风骤雨中找点庇护的羊群，都不得不留下些羊毛来。另一方面，一名富有经验的书记员，熟悉判例、了解程序并懂得法庭工作的书记员，将会成为法庭的出色助手，很多时候甚至能为法官本人指点迷津。

第四可能涉及国王和政权的问题。法官首先需要牢记的是《罗马十二铜表法》的结论：“人民之幸福是一切之最高法律。”他们应该明白，任何法律如果不是以此为其终极目标，那么便无非是百般挑剔和未经神灵启发的神谕。因此，如果一个国家的国君和政府经常与法官协商，或者法官经常与国君和政府协商，那便是美事一桩——前者是在法律可能干涉政务时，后者是在担心国家事务阻碍法律时。因为很多时候，需要上法庭进行裁决的问题只不过是各执一词的属权之争，但所涉及的原则和结果有可能与国家事务有关——我所说的国家事务，不仅仅指与主权相关的，也包括任何能够产生巨大变化或危险先例的案件，或是将会对众多民众有巨大影响的案件。人们千万不可轻率地以为公正的法律和真正的国策之间有任何矛盾之处，因为它们就如灵魂和肉体，两者同步而行。法官们还要谨记，所罗门的王座两边都有狮子护卫，他们就该成为这样的雄狮，然而仍只是王座之下的雄狮，一定要谨慎，任何时候都切不可妨碍或反对王权。法官们也不可不清楚自己的权力，甚至以为法官一职最主要的部分——明智地行使和运用法律这一职责——与他们无关。他们应该还记得，圣保罗在提到一部比他们的法律更伟大的法律时曾如此说道："我们知道律法原是好的，只要人用得合宜。"

57 论愤怒

让愤怒就此绝迹，这只是斯多葛学派的夸夸其谈而已，而我们早已得到了更恰当的神谕："生气却不要犯罪，不可含怒到日落。"人们应该控制发怒的程度，限制其时间长短。首先我们将会讨论该如何调节天生易怒的倾向，使其冷静下来。其次则是如何压抑某些特殊的怒火，或至少控制自己的怒火，不去做坏事。最后则是如何使他人怒火中烧或平息他们的愤怒。

说到调节天生易怒的倾向，别无他法，只有仔细反思怒气产生的后果，它是如何为人的一生制造无尽的麻烦。进行此等反思的最好时机，是等你的怒火彻底熄灭之后再回头看。塞内加说得很恰当：愤怒正如毁灭之行为，当被毁灭的对象倾覆之后，其自身也损毁殆尽。《圣经》也劝解我们，要用耐心来驾驭自己的灵魂，那些失去了耐心的人就是失去了对灵魂的掌控。人们一定不能变成蜜蜂，"为恼怒一蜇而命丧黄泉"。

愤怒毫无疑问是一种卑下的情绪，因为在那些容易受其控制的儿童、妇女、老人和病人身上，它常常会利用他们的弱点趁虚而入。然而，人们一定要小心，愤怒时要表现出蔑视而非恐惧，这样看上去你就会显得无动于衷而非深受其害，做到这一点并不难，只要能将其作为你的行事准则便可。

说到压抑怒火，产生愤怒的原因和动机主要有三点。第一，太敏感容易受伤害，因人都会因为觉得受到伤害而愤怒；所以那些柔和脆弱的人必然经常感到愤怒，众多小事都能烦扰他们，而对个性更坚强的人则根本无甚影响。第二，不仅受到了伤害，还被对方深深地鄙视，这种鄙视就如同火上浇油，甚至比伤害本身更让人怒火熊熊。因此，那些对鄙视特别敏感的人，更容易怒火中烧。第三，损害某人名誉的流言蜚语只会将愤怒放大数倍。压抑这种怒火的唯一方法是，正如贡萨洛所说的，人需要“为荣誉建一张更加坚固的保护网”。但在所有控制怒火的方法之中，最好的方式是争得时间，让自己相信，复仇的时机还未来临，但能预见未来定有报复之机，因此眼下必须克制自己，保存实力。

为了控制自己的怒火以免铸下大错，有两件事你需极其谨慎。第一，切不可说出极其伤人的话来，特别是那些能戳到他人最伤痛处的话，因为“泛泛的指责”不至于如此伤人；另外，即便怒不择言，也绝不可揭穿人的秘密，因为这样会令他不容于社会。第二，在怒火中烧之时，切不可决绝地将手头事务甩手不干。不论你如何表现自己的苦涩，都不能做出任何不可挽回之事。

说到挑起他人的怒火，关键之处是选择适当的时机，一定要选在人最桀骜不驯、对你恶感最严重时挑衅。就像之前已经讨论过的，通过一切方法加深对他的鄙视。而平息之法则相反：首次与人谈令他发怒之事一定要选个好时机，因为第一印象十分重要；尽可能避免去鄙视他人，而是将对方受到的伤害归结为误会、害怕、冲动或任何别的原因。

58 论世事之变迁

所罗门曾经说过："日光之下，并无新事。"太阳底下无新事。同样，按照柏拉图的想象，一切知识都只不过是回忆，而所罗门也发出感叹，一切新奇之事不过是被遗忘的往事而已。因此你能看到，忘川既在冥界流淌，也在人世间流淌。一位言辞深奥的占星学家曾经说过，除了两种永恒之物的存在（一个是恒星之间的距离永远相同，既不会逐渐靠近，也不会逐渐远离；另一个则是永远按时运转的昼夜交替），世上其他一切都瞬息万变。确实如此，事物都存在于永恒的变化之中，从不停歇。而能将一切埋葬于忘却之中的，是两块裹尸布：洪水和地震。大火与大旱虽会造成灾难，却不会将人类灭绝。法厄同驾驶着太阳车只行驶了一天，而以利亚时代的三年大旱只在一处蔓延，也让人们存活了下来。至于那些闪电造成的大火，虽然经常在西印度群岛发生，影响范围却很窄。必须要指出的是，在洪水和地震这两种灾难面前，那些幸存者通常是无知的山野粗夫，无法叙述过去的故事，历史便湮没于其间，与无人幸存别无二致。如果你考虑一下西印度群岛的居民，他们很有可能是与旧世界民族完全不一样的新生民族。更有可能的是，之前造成了毁灭性灾难的并非地震（埃及修士就曾如此告知梭伦，说亚特兰蒂斯是被地震吞噬的），而是一场大洪水，因为在该地区地震极为罕见。而另一方面，此处的河流又湍急宽阔，与之相比不论是亚洲、非洲还是欧洲的河流，都不过是小溪。它们的安第斯山脉也比我们欧洲的山峰要高得多。由此看来，正是在崇山峻岭之中，一些遭遇过大洪水的居民幸存了下来。马基亚维利的观察认为，教派之间的相互嫉恨导致了历史记忆的泯灭，甚至还说教皇格列高利一世曾因此毁灭了所有异教徒的风俗。我并不认为宗教狂热真的能造成巨大影响，即便有影响也不会延续太久，例如，格列高利教皇的继承者萨比尼安教皇便将之前的风俗都重新复兴了。

至于第九重天的生灭变化问题，则不适宜在本议题中讨论。如果世界真的能够存在那么久，也许柏拉图所说的“一切天体运转终结的大年”真的会到来，并非让每个人重生之类的事（有些人认为天体对地上事物有精确的影响，事实上并非如此），而是令整个世界焕然一新。毫无疑问，彗星也拥有此类改变世上万物的力量，但人们更多地只是眺望着它们，在它们即将出现的地方等待，而非明智地观察它们对地球的改变，特别是在不同方面，比如，彗星种类、亮度、颜色、发光类型、处于宇宙何处、持续时间多长、造成何种影响。

我曾经听说过一件有意思的事情，希望读者能先琢磨一会儿，不要立刻将其忽视。据说在低地国家（我不清楚具体是哪一片区域）有人观察到，每隔三十五年，就会出现相同的年景和气候，不断重复，如厚霜、洪涝、大旱、暖冬、凉夏等等，他们称之为“盛年”。之所以非要提及，是因为当我追溯以前的历史时，也发现了同样的规律。

但暂且不要再讨论自然的生灭，转而回到人类。人类最大的变幻莫过于教派和宗教的变迁，因为它们最能驾驭人心。真正的宗教建立在磐石之上，而其余诸派则只能在时间之河中载浮载沉。因此，以下将会探讨新教派出现的缘由，并提出相关建议，希望依靠人类尚有缺陷的判断力可以阻止如此巨大的变迁。

当之前被大众所接受的宗教四分五裂，那些本该神圣的教士开始腐化，丑闻漫天时，人们又身处一个愚昧、无知、野蛮的时代，你便应该担心或许将有新的教派萌生，要是同时还出现了某个浮夸又怪异的人物自封为新教派之领袖，可能性便更大。若新教派没有以下两种特性，那便不用担心，因为它无法传播开来。第一条是企图反对或推翻现有的权威，因为此等企图最得民心；第二条则是提倡充满享乐和肉欲的人生，因为那些鼓励沉思的异端教派（如古代的阿里乌教派和现在的阿米尼乌斯派），虽然确实能对人的心智造成巨大影响，却不能真正导致政局的巨大变化，除非是借助世俗场合宣教。有三种方式能够植入新的教派：借助启示和奇迹之力量，借助具有蛊惑力和煽动性的布道，以及借助武力。至于那些殉道者，我将他们视为奇迹的一种，他们似乎超越了人之天性的力量，我也同样将最卓越、最值得敬仰的神圣人生归于奇迹一类。毋庸置疑，防止教派的分裂和新教派的壮大，除了改革积弊、弥合较小的分歧、施行温和新政、结束血腥迫害之外，还可通过争取和提升那些异教领袖来消除他们的威胁，而非通过暴力和仇恨来激怒他们。

战场上的情况瞬息万变，但最主要的有三种变化：开战的地点，双方所用的武器，以及战争的方式。在古代，战争场地似乎是自东向西移动，因为波斯人、亚述人、阿拉伯人和鞑靼人（他们是侵略者）都是东方来的民族。必须承认高卢人是西方人，但我们只读到过他们的两次入侵，第一次是入侵加拉提亚，第二次则是进攻罗马。但东方和西方在天上并无恒定的方向，因此，战争到底是由西向东还是由东向西，并无确定的观察记录。然而南北两方却是固定的，我们极少或根本没见过南方的民族会去侵略北方，而是正好相反。由此可以看出，世界上偏北方的大片区域在天性上更好战，不论是因为北半球天空的星象影响，还是因为北方有着大片的陆地，而南方据我们所知几乎全是海洋。或者（其实是最明显的原因）因为北方地域的寒冷，在那样的环境下，即便没有铁的纪律，人们也会身体强壮，勇往直前。

当一个伟大帝国开始动摇、即将分崩离析时，必定会有战争。伟大帝国统治牢固之时，的确会毁掉或削弱那些它所征服的原住民的武装，令后者只能依靠帝国武装的保护。而当它开始衰落时，一切便会尽毁，而它则成为他国的猎物。罗马帝国衰落之后便是如此，查理大帝死后的查理曼帝国也是如此，人人都得以分一杯羹。若现在的西班牙帝国式微，恐怕也难逃此劫。不同王国的合纵连横也同样容易激起战争，因为若一个国家成长壮大，实力大大超出他国时，它就像是一场大洪水，一定会泛滥成灾，正如我们在罗马、土耳其、西班牙和其他王国所看到的那样。世界上的蛮荒民众数量最少，如果没有保障生存的能力，人们便通常既不结婚也不生子（现在几乎各国都是此种情况，除了鞑靼），这样就没有人口泛滥的危险。而在那些很多国民不考虑是否有生存与维系的能力便随意生出下一代的地方，很有必要过上一两代，便将一部分民众迁徙到其他国度去。古代北方民族就曾通过抽签施行这种方法，抽签决定哪些人可以留在家中，而哪些人得出门自谋生路。一个崇尚战争的国家如果变得软弱温和，他们就一定面临战争。比如通常情况下，这些国家在衰败之时已经非常富裕了，本就容易招来掠夺者，而他们武力的衰退则更加鼓励着对手向其宣战。

说到战争所用的武器，很难有什么规律可言，然而我们也能看出一些周期变化来。众所周知的是印度人在奥克斯拉斯城中拥有可移动大炮，那便是马其顿人称之为闪电、雷霆和魔法的东西；更广为人知的是，大炮在中国的使用历史已经超过了两千年。武器的性能和改进主要有：第一是需要有远程攻击能力，这样便能够躲过危险，目前的大炮和火枪就已经实现了这一点；第二则是打击的力度，在这个问题上大炮同样超越了所有攻城槌和古代发明；第三则是需要适用范围广，因为它们可能需要在不同气候下服役，所以拖它的战车要轻便好操控，诸如此类。

至于说到作战的方式，最开始，人们最依赖的是士兵的数量，那时的战场主要依靠士兵的人数和勇武，选出日子列阵开战，试图通过公平的战斗决一胜负，而并不在乎如何在战斗中调兵遣将。之后，开始依赖于单兵的作战能力而非士兵的数量，开始选择对自己有利的战场，用狡计声东击西，凡此种种，人们也开始学会更加有技巧地指挥战斗。

在国家刚刚建立不久时，他们的武装往往最强盛；而在国家的盛年，则是学术最强盛的时代；然后有一段时间，武装和学术力量都很强大。然而，当国家开始逐渐衰退时，最为繁荣的则会是机械技艺和贸易。学术同样也有婴儿期，那时才刚萌芽，略显稚嫩；然后是它的青年期，风华正茂；接着是它的壮年期，坚固而有所收敛；以及最后的老年期，灵感和能量都干涸耗尽。但过度地思考这些变幻莫测的循环并非好事，只会让我们头晕目眩。至于它们的历史，那只不过是颠来倒去的故事而已，因此不适合在本文中讨论。

59 论谣言（残篇）

诗人们将谣言视作洪水猛兽，描绘她时，时而细致高雅，时而肃穆简洁。他们说：看哪，她有多少羽翼，其中便藏着多少双眼睛。那么多种语言，那么多的声音，能令那么多人侧耳倾听。

这是一种夸张，后面跟着的是诸多绝妙的暗喻：她一边行走，一边获取力量；她双脚踏在地上，头却藏在云端；她白日坐在瞭望台中，夜晚却四处飞翔；她将已完成之事与未完之事编织在一起；对伟大的城池而言，她是个巨大威胁。然而仍有别的内容流传下来：诗人们也记叙了泰坦巨人之母大地之神，因泰坦巨人们在与朱庇特的战争中失败被杀，一怒之下生出了谣言之神。显而易见，造反者们在神话中由巨人代指，说明煽动性的谣言和诽谤不过是兄弟姐妹，一个阴柔一个阳刚而已。而今，如若有人能驯服这头猛兽，令她乖乖听话，指挥着她，借她的飞行之力猎杀其他贪婪之徒，便也有些用处。但我们早就已经深受诗人的毒害，现在才会一说起传言便伤感而肃穆：

一切政治中最值得也使用最多的便是传言。因此，我们将会讨论以下诸项内容：何为虚假谣言，何为真实传言，该如何分辨它们；如何种下谣言之种子，如何培育它，如何将谣言传播、复制出去；它们又将如何被破坏甚至销声匿迹；以及其他诸多涉及谣言之本性的问题。

传言有种力量，任何伟大行为中都不可能没有它的参与，特别是在战争中。穆奇阿努斯便通过四处散播谣言而战胜了维提里乌斯——说他计划将叙利亚的军团移动到日耳曼，而日耳曼的军团则改而驻扎叙利亚，因此，叙利亚的军团变得无比愤怒。恺撒也是通过狡诈地传播自己的某种名声而让庞培放松警惕，从而孤立无援。散播的内容是恺撒的士兵们并不爱戴他，因为连年征战而疲惫不堪，又因为高卢之战领到无数战利品，因此只要他一进入意大利便会抛弃他。利维娅也是通过散播她丈夫奥古斯都即将痊愈的消息，为自己儿子提比略继承帝位扫清了障碍。土耳其的帕夏们也常常会向将军和士兵们隐瞒国王的死讯，以免君士坦丁堡和其他城镇遭受浩劫。地米斯托克利也曾通过散布消息，令波斯王薛西斯只敢驻扎在格雷西亚之外，以为希腊人真的有办法攻破他横跨赫勒斯滂海峡的舰队。诸如此类的例子千千万万，越是这样，就越不该重蹈覆辙，因为随时随地都会遇见它们。因此，所有明智的统治者都应时时警惕，就像对待自己的行为和计划一样对待传言，慎之又慎。

—END—

人物小传

1 论真理

彼拉多 Pilate，？—公元41年

又译般雀·比拉多，意思是“掷标枪的能者”。在台比流在位时，被任名为罗马帝国犹太行省的执政官（公元26年—36年），属于提督的官职。根据《圣经·新约》四福音的记述，曾数度审问耶稣基督，原本不认为耶稣犯了什么罪，却在仇视耶稣的犹太宗教领袖的压力下，判处耶稣钉死在十字架上。

2 论死亡

塞内加 Seneca，约公元前4年—公元65年

古罗马时代著名斯多葛学派哲学家、悲剧作家。曾任尼禄皇帝的导师及顾问，公元62年因躲避政治斗争而引退，但仍于65年被尼禄逼迫自杀。

塔西佗 Tacitus，约公元55年—120年

古代罗马最伟大的历史学家，他继承并发展了李维的史学

传统和成就，在罗马史学上的地位犹如修昔底德在希腊史学上的地位。代表作有《演说家对话录》《阿格里可拉传》《日耳曼尼亚志》《历史》和《编年史》。

苇斯巴芗 Vespasian，公元9年—79年

加尔巴被杀害后，军团拥立他为皇帝。他是一位受大众欢迎的皇帝，生活简朴。他为了弥补尼禄时代和内战时期的赤字，提高各行省的赋税额。兴建和平庙和大竞技场，整顿军队和禁卫军。结束了与犹太人的战争和莱茵兰暴动，并吞日耳曼和不列颠的部分地区。平定威尔斯，创建了弗拉维王朝。

3 论宗教的统一

异邦人的导师 The Doctor of the Gentiles

指圣保罗 St. Paul，约公元3年—67年

早期基督教领袖之一，被天主教（大公教会）封为使徒，也是基督教正教会（东正教）安提阿牧首区首任牧首。因其罗马公民和犹太人的身份而得以对异邦人传播基督教。

尼布甲尼撒王 Nebudchadnezzar，约公元前630年一前561年

是位于巴比伦的伽勒底帝国最伟大的君主，他曾征服了犹大国和耶路撒冷，并在他的首都巴比伦建成著名的空中花园。

曾梦到神像的脚由铁和土组成，但以理为其解梦，认为这预示着他王国的分裂。

阿伽门农 Agamemnon

希腊迈锡尼国王，希腊诸王之王，阿特柔斯之子。公元前1186年左右参加特洛伊战争。特洛伊战争是因为他想称霸爱琴海，他的弟弟墨涅拉俄斯的妻子海伦被特洛伊的王子帕里斯拐走只是导火线。在战争中，他也成为希腊联合远征军统帅。在出征时因得罪狩猎女神阿耳忒弥斯而以长女伊菲革涅亚献祭。

4 论复仇

约伯 Job

圣经中的人物。约伯是上帝的忠实仆人，以虔诚和忍耐著称。魔鬼攻击他，把他变得又穷又病，使得他在困苦穷乏中诅咒自己。上帝曾两次对撒旦称赞约伯，理由是：他“完全正直”、“敬畏真神”、“远离恶事”。遭受苦难的试炼，遭受友人的讥讽与争辩，患难迭起，祸不单行时，他始终不渝，视死如归，持守善道。

9 论嫉妒

该隐和亚伯 Cain and Abel

亚当和夏娃所生的两个孩子，当兄弟俩同时为上帝奉上祭品时，上帝却只青睐亚伯的，该隐因妒生恨杀死了亚伯。

纳尔西斯 Narses，约公元478年—573年

全名不详，太监，原为东罗马皇后狄奥多拉的宠信，东罗马帝国名将，著名的军事统帅。公元532年参加镇压反抗查士丁尼皇帝的尼卡起义。公元538年，随贝利撒留对东哥特人作战。公元550年接替贝利撒留为统帅，在公元552年的塔吉奈战役中获胜，东哥特国王托提拉重伤而死。随后在公元554年的卡西里纽姆战役中，打败了法兰克人和阿勒曼尼人，征服了意大利。

阿格西劳斯二世 Agesilaus II，公元前444年—前360年

斯巴达历史上的传奇国王，在斯巴达君临整个希腊的时期，他几乎一直统率着军队。为人精于谋略，人们通常把他当作斯巴达尚武精神的化身。

帖木儿 Tamerlane，公元1336年—1405年

生于撒马尔罕以南的碣石（今沙赫里萨布兹）。其祖先做过察合台汗国的大臣，父亲死后继为碣石的一名封建城主。虽然帖木儿是突厥人，但由于当地自古以来的波斯文化遗留，帖木儿在文化意识上倾向波斯文化。公元1362年，帖木儿在故乡附近起义。与蒙古人作战时，被打伤成了瘸子，因此敌人称他

为跛子帖木尔。后来，为了巩固政权，采取联姻的方式，将西察合台汗国后王的公主纳为妻妾，成了察合台汗国的驸马，所以又称为驸马帖木儿。公元1360年，河中地区大势底定，秃忽鲁帖木儿控制了大部分地区，但帖木儿实际上控制了河中族。其腿亦在此时期受创。公元1364年，帖木儿终于扶持侯赛因成为可汗。但在公元1369年，他杀死情同手足的西察哈台汗侯赛因，建立了帖木儿帝国。后人所知的帖木尔的传奇历史，绝大部分来自《胜利书》《帖木儿自传》。其后裔巴布尔在征服了印度之后有《巴布尔回忆录》流传于世。

哈德良 Hadrian，公元76年—138年

罗马帝国安敦尼王朝的第三位皇帝，五贤帝之一。在位期间，停止东方战争，与帕提亚国王缔结和约，改革官僚制度和法律。又在不列颠岛北部建造了横贯东西的“哈德良长城”，以御防那些居住在现今苏格兰的“蛮族”的入侵。世人历来对他评价较好，个人爱好也很丰富。他是一位博学多才的皇帝。

10 论爱情

马克·安东尼 Marcus Antonius，公元前83年—前30年

古罗马政治家和军事家。他是恺撒最重要的军队指挥官和管理人员之一。公元前33年后三巨头同盟分裂，公元前30年马克·安东尼与埃及女王克利奥帕特拉七世一同自杀身亡。

阿庇乌斯·克劳狄乌斯 Appius Claudius

公元前471年—前451年任罗马十执之一，因强抢民女维尔吉尼雅，酿成平民叛乱，被迫退位，死于狱中。

伊壁鸠鲁 Epicurus，公元前341年—前270年

古希腊哲学家、无神论者，伊壁鸠鲁学派的创始人。他成功地发展了阿瑞斯提普斯的享乐主义，并将之与德谟克利特的原子论结合起来。伊壁鸠鲁父母亲都是雅典人，他曾去过小亚细亚，并在那里受到德谟克利特哲学的影响，公元前307年开始在雅典建立了一个学派，这个学派在他去世之前一直在雅典活动。伊壁鸠鲁认为快乐就是善，并且他以鲜明的一贯性坚持这种观点一直到底。他说："快乐就是有福生活的开端与归宿。"

11 论高位

加尔巴 Servius Sulpicius Galba，公元前3年—公元69年

在尼禄自杀之后，成为罗马帝国的皇帝，结束了朱里亚·克劳狄王朝。在他就任帝位期间，并未稳定帝国的内外混乱局势，仅仅七个月就遭到杀害。在这一年（公元69年）中，罗马城陆续出现了四位皇帝，因此该年也被称作四帝之年。

13 论善与人性之善

比斯贝克 Busbechius，公元1523年—1592年

土耳其苏莱曼一世时奥地利驻伊斯坦布尔大使，在君士坦丁堡居住长达七年，著有关于奥斯曼帝国的著作。

拉撒路 Lazarus

是《圣经·约翰福音》中记载的人物，他病危时没等到耶稣的救治就死了，但耶稣一口断定他将复活。四天后拉撒路果然从山洞里走出来，证明了耶稣的神迹。

泰门 Timon

雅典公民，据历史学家普鲁塔克推断，他生活于约公元前431—前404年，家境富有，以乐善好施吸引朋友，然而等他钱花光了，朋友们便都离他而去。莎士比亚在《雅典的泰门》中曾写道，有一天，泰门于市场登台演说，说他家花园里有无花果树一株，因为要建屋，必须伐树，盼大众如果想要自缢者，趁树未伐之际速往上吊。

15 论叛乱与纷争

维吉尔 Virgil，公元前70年—前19年

古罗马著名诗人，生活在欧洲古代文明的结尾、基督教即将对欧洲开始其统治的时期，开创了一种新型的史诗。在他手里，史诗脱离了在宫廷或民间集会上说唱的口头文学传统和集体性。他给诗歌注入了新的内容，赋予它新的风格，产生了深远的影响。他的作品具有历史感和思想的成熟性。他是一个自觉的艺术家。

马基雅维利 Machiavelli，公元1469年—1527年

意大利政治思想家和历史学家，出生于佛罗伦萨。在中世纪后期政治思想家中，他第一个明显地摆脱了神学和伦理学的束缚，为政治学和法学开辟了走向独立学科的道路。他主张国家至上，将国家权力作为法的基础。代表作《君主论》主要论述为君之道、君主应具备哪些条件和本领、应该如何夺取和巩固政权等。他是名副其实的近代政治思想的主要奠基人之一。

卢坎 Lucan，公元39年—65年

罗马诗人。他最著名的著作是史诗《法沙利亚》（Pharsalia），描述恺撒与庞培之间的内战。这部史诗虽是未完成作品，却被誉为是除维吉尔《埃涅阿斯》之外最伟大的拉丁文史诗。

埃庇米修斯 Epimetheus

古希腊神话中普罗米修斯较为愚笨的弟弟，与潘多拉结

婚。按照神话，普罗米修斯为人类盗火是为弥补弟弟的过失。

16 论不信神

迪亚哥拉斯 Diagoras，生活在大约公元前5世纪

古希腊智者学派人物、诗人，以“不信神”著称。他曾公开反对古希腊的宗教。雅典人指控他不信神，导致他出逃。

彼翁 Bion，生活在大约公元前1世纪

古希腊抒情诗人，大部分诗作都已遗失，仅存部分残章。

卢奇安 Lucian，公元125年—180年

智者学派的修辞学家，作品多以希腊文写就，以机智和嘲弄的文风著称。

圣伯尔纳铎 St. Bernard，公元1091年—1153年

著名修士，在公元1130年介入了选择新教宗的争论，他坚决支持教宗必须拥有高尚的道德生活，并且不厌其烦地尝试说服所有的欧洲人与他站在同一立场。

西塞罗 Cicero，公元前106年—前43年

古罗马著名政治家、演说家、雄辩家、法学家和哲学家。出身于古罗马的奴隶主骑士家庭，以善于雄辩而成为罗马政治

舞台的显要人物。从事过律师工作，后进入政界。开始时期倾向平民派，以后成为贵族派。公元前63年当选为执政官，在后三巨头同盟成立后被三巨头之一的政敌马克·安东尼派人杀害于福尔米亚。

17 论迷信

普鲁塔克 Plutarch，约公元46年—120年

罗马帝国时代的希腊作家、哲学家、历史学家，以《比较列传》（又称《希腊罗马名人传》或《希腊罗马英豪列传》）一书闻名后世。他的作品在文艺复兴时期大受欢迎，蒙田对他推崇备至，莎士比亚不少剧作都取材于他的记载。

萨图尔努斯 Saturn

罗马最古老的神祇之一，罗马主神朱庇特的父亲。

19 论帝王

阿波罗尼奥斯 Apollonius，约公元前3世纪

希腊学者和史诗诗人。生于埃及亚力山大，但是长期居住在罗德岛。写作过许多语法书和一首有关寻找金羊毛而极受罗马人推崇的长诗《阿尔戈船英雄纪》。

21 论拖延

西彼拉 Sibylla

西彼拉是罗马神话中能预言未来的女巫，她曾作书九卷献给罗马王，罗马王因其索金太高而拒绝，西彼拉烧掉三卷仍索原价，罗马王感到奇怪，读其书发现所预言之事极为重要，欲买其书，却已残缺不全。

22 论诡计

尼希米 Nehemias

《圣经》人物，因听说耶路撒冷的城墙拆毁，城门被火焚烧而向主祷告，希望能够去修建耶路撒冷。文中所引是他求君王同意他回去修建耶路撒冷的对话。

提格利努斯 Tigllinus

布鲁斯 Burrhus

尼禄时代禁卫军长官，提格利努斯在前禁卫军长官塞克斯图斯·布鲁斯退休后被皇帝尼禄提拔为禁卫军长官。在当时的情况下，尼禄执政初期的主要决策者和顾问皆已下台。公元62年，前禁卫军长官布鲁斯病故。这些都造成了尼禄在其执政后期对罗马实行残酷统治的结果。普遍认为，作为禁卫军长官的提格利努斯也直接参与了对罗马民众的残酷统治，并且镇压了基督教。后来，在提格利努斯的支持下，元老院宣布尼禄为国家公敌。公元68年6月9日，尼禄被迫自杀。此时的罗马，战乱四起，各方势力争抢罗马皇帝之位。在漫长的内战中，禁卫军长官提格利努斯最终不可避免地战死。

26 论小聪明

格利乌斯 Gellius，生活在公元2世纪

古罗马作家，生于罗马的一个富裕的贵族家庭，受过良好的教育。少年时先在罗马学习法律，后去雅典深造，研究哲学。从雅典回罗马后，大概担任审理民事诉讼的法官一职，直至去世。这期间他可能多次去雅典，他晚年唯一保存下来的作品《阿提卡之夜》就是在雅典写的。作者自称此书内容有些是他阅读希腊罗马作家作品的笔记，有些则是谈话或听课的记录。它涉及文学、语言学、哲学、神话、历史、考古、风习、制度以及游记、名人轶事等等方面，由于旁征博引了将近三百种古人的作品，这些作品大多又已失传，因此这部书具有颇高的史料价值。

27 论友谊

梅塞纳斯 Maecenas，公元前70年—前8年

罗马帝国皇帝奥古斯都的谋臣，著名的外交家，同时还是

诗人、艺术家的保护人。诗人维吉尔和贺拉斯都曾蒙他提携。他的名字在西方被认为是文学艺术赞助者的代名词。

赫拉克利特 Heraclitus，约公元前540年—前470年

是一位富有传奇色彩的哲学家，是爱菲斯学派的代表人物。他出生在伊奥尼亚地区的爱菲斯城邦的王族家庭里。他本该继承王位，但将王位让给兄弟，自己跑到女神阿尔迪美斯庙附近隐居起来。据说，波斯国王大流士曾经写信邀请他去波斯宫廷教导希腊文化。著有《论自然》一书，现有残篇留存，提出著名的“逻各斯”学说。

29 论帝国与领地之真正伟业

索伦 Solon，公元前638年—前558年

克罗瑟斯 Croesus，公元前595年—前546年

索伦是古希腊政治家、立法者和诗人，他试图通过立法来阻止雅典在政治、经济和道德上的衰败。失败后离开雅典云游，最终来到吕底亚，见到国王克罗瑟斯。索伦曾谏言克罗瑟斯不可妄言眼前的财富和幸福，克罗瑟斯并未听取，直到帝国灭亡时才承认索伦谏言的正确。

以萨伽 Issachar

圣经人物，《旧约·创世记》（49:14—15）中，他父亲

雅各在埃及临终前为他祝福：“以萨迦是个强壮的驴，卧在羊圈之中。他以安静为佳，以肥地为美，便低肩背重，成为服苦的仆人。”

阿提库斯 Atticus

与罗马执政官西塞罗同时代，古罗马著名学者和藏书家。阿提库斯接受他好友西塞罗的建议 —— 创办一个出版社来出版高质量图书。他具有经营管理才能和献身事业的精神，家中又非常富有，自信能把出版社办好。他聘请历史学家科内波斯（C.Nepos）和语法学家蒂拉尼昂（Tyrannion）等一批学识渊博的学者当编辑，培训大批有文化的奴隶来担任抄书员和校对员。

35 论预言

扫罗 Saul

扫罗是以色列联合王国第一任君主，《圣经》描述其在最终战前寻找女巫与撒母耳交流，撒母耳预言了以色列的战败与扫罗及其诸子的死亡。

雷乔蒙塔努斯 Regiomontanus，公元1436年—1476年

主教，15世纪德国数学家、天文学家、占星家、翻译家、乐器制作家。

40 论幸运

提摩里昂 Timoleon，公元前411年—前337年

阿格西劳斯 Agesilaos，公元前444年—前360年

伊巴密浓达 Epaminondas，公元前418年—前362年

同时代的三位古希腊名将。

提摩里昂征战数年，战胜西西里的诸暴君，给了西西里岛长久的和平，年老后退休。

阿格西劳斯则是有传奇色彩的斯巴达国王，在斯巴达君临整个希腊时期，他几乎一直统率着军队。阿格西劳斯天生跛足，当上国王颇有传奇色彩，然而他在位时四处征战，几乎恢复了斯巴达在希腊的霸权。后在从埃及返回斯巴达途中客死异乡。

伊巴密浓达是古希腊城邦底比斯的将军与政治家，公元前371年在留克特拉战役中以新战术击败斯巴达人，使底比斯成为希腊最强的城邦。公元前370年—前369年从斯巴达人手中解放了麦西尼亚希洛人。公元前362年，他率领盟邦的军队在曼丁尼亚战役击败斯巴达、雅典和他们的盟邦。他最终在战场上负伤身亡。

42 论青春与暮年

西摩热内斯 Hermogenes，公元168年—181年

古希腊修辞学家，年幼时便因修辞学问获得教师资格，并

得到皇帝赏识，然而25岁时便黯淡无光，之后一直被认为能力不足。

奥腾休斯 Hortensius，公元前114年—前50年

西塞罗同时代古罗马律师，年少时因其言辞犀利而成名，但与西塞罗交锋之后便再无建树。

54 论虚荣

普林尼 Pliny，公元23年—79年

小普林尼 Plinius Secundus，约公元62年—113年

普林尼是古罗马百科全书式的作家，在罗马皇帝苇斯巴芗在位期间被委以重任。以其所著《自然史》一书著称，虽已无全本流传，此书仍然对于研究古代的自然科学、历史和语言具有巨大的意义。

小普林尼是他的养子，罗马帝国元老和作家。小普林尼最著名的是他的书信。他收集和发表了10卷共369封信，在每封信中他都会讨论一个问题。他的书信为后人提供了关于当时罗马社会、生活和政治的详细描述。

穆奇阿努斯 Mucianus，生活在大约公元1世纪

古罗马执政官，曾经三次出任执政官并且担任叙利亚总督，古罗马暴君尼禄皇帝死后，驻守在帝国各地的罗马军团纷

纷拥立新的帝国皇帝。穆奇阿努斯审时度势，抛弃了自己的敌意和嫉妒心，答应把自己的军队交给已经被梅西亚军团、犹太军团、埃及军团拥戴的苇斯巴芗，并且帮助苇斯巴芗登上帝国皇帝的皇位，他的这一举动让他作为一名智者名垂青史。在塔西佗的《历史》和《编年史》中均有所记载。

弗朗西斯·培根

1561年1月22日，生于英国伦敦官宦之家

1573年，就读于剑桥大学三一学院

1579年，在格雷律师学院攻读法学

1604年，被任命为皇家法律顾问

1613年，被擢升为首席检察官

1617年，入内阁为掌玺大臣

1618年，成为大法官，并被封为男爵

1620年，荣封子爵

1621年，卷入一起受贿案，认罪下野

1626年，在一次冷冻防腐的科学实验中受寒罹病，于4月9日去世

陶文佳

香港大学哲学博士，大学教师

中华文化发展湖北省协同创新中心副研究员

译著有

《我坚信》

《每天最重要的2小时》

《黑暗竞技场》

《笨蛋没活路》

谢谢。您选择的是一本果麦图书

诚邀关注“果麦文化”微信公众号

培根随笔

产品经理 | 赵海萍　　装帧设计 | 唐梦婷

执行印制 | 梁拥军　　策 划 人 | 路金波

图书在版编目（CIP）数据

培根随笔 / （英） 弗朗西斯·培根著 ； 陶文佳译
. -- 杭州 ： 浙江文艺出版社, 2016.11（2017.8重印）
ISBN 978-7-5339-4652-4

Ⅰ. ①培… Ⅱ. ①弗… ②陶… Ⅲ. ①随笔－作品集－英国－中世纪 Ⅳ. ①I561.63

中国版本图书馆CIP数据核字(2016)第249516号

责任编辑　金荣良
特约编辑　赵海萍
封面设计　唐梦婷

培根随笔
[英] 弗朗西斯·培根　著
陶文佳　译

出版　浙江出版联合集团
浙江文艺出版社

地址　杭州市体育场路347号　　邮编　310006
网址　www.zjwycbs.cn
经销　浙江省新华书店集团有限公司
印刷　河北鹏润印刷有限公司
开本　880mm× 1230mm　1/32
字数　145千字
印张　7.25
印数　13, 001-18, 000
版次　2016年11月第1版　2017年8月第3次印刷
书号　ISBN 978-7-5339-4652-4
定价　32.00元